JONA OBERSKI

KINDERJAHRE

NOVELLE

PAUL ZSOLNAY VERLAG
WIEN · HAMBURG

Berechtigte Übersetzung von
Maria Csollány

Originaltitel: Kinderjaren, Uitgeverij BZZTÔH, Den Haag, 1978

Umschlagbild: Jack Prince
Druck: Leykam AG, Graz
Bindung: J. Strobl, Wien
Printed in Austria
ISBN 3-552-03231-2

CIP-Kurztitelaufnahme der Deutschen Bibliothek
Oberski, Jona:
Kinderjahre: Novelle/Jona Oberski.
[Berecht. Übers. von Maria Csollány]. –
Wien, Hamburg: Zsolnay, 1980.
Einheitssacht.: Kinderjaren [dt.]
ISBN 3-552-03231-2

Gras, in einer blauen Teekanne,
ausgesondert zwischen das wachsende,
verblühende, weiterlebende Gras gestellt.

JUDITH HERZBERG
Aus: Beemdgras en zachte dravik
(Auengras und weiche Trespe)

I

Irrtum

„Nicht erschrecken, es ist alles gut, ich bin bei dir.“

Die Hand, die sich auf meine Wange legte, war die meiner Mutter. Ihr Gesicht war nah bei meinem. Ich konnte sie kaum sehen. Sie flüsterte und streichelte mir über den Kopf. Es war dunkel. Die Wände waren aus Holz. Es roch fremd. Es klang, als wären noch mehr Leute da. Mutter hob meinen Kopf und schob ihren Arm darunter. Sie zog mich an sich. Sie küßte mich auf die Wange.

Ich fragte, wo mein Vater sei.

„Es ist ein Irrtum passiert, aber alles wird wieder gut. Wir sind ein paar Tage auf Reise mit vielen anderen Leuten. Bald fahren wir wieder nach Hause, und Papi ist dann auch da. Aber sie haben sich geirrt, darum müssen wir jetzt ein paar Tage hier zu Besuch bleiben, gerade so, wie wir neulich bei Trude zu Besuch waren. Daran erinnerst du dich doch sicher noch? Trude hat Blumenkohl gekocht. Aber als das Essen auf deinem Teller lag, hast du nichts gegessen, weil du ja keinen Blumenkohl magst. Sie wollte dir weismachen, daß die Kinder aus dem Blumenkohl kämen. Aber du weißt, daß sie aus dem Bauch ihrer Mutter kommen. Du bist aus meinem Bauch gekommen, weißt du noch? Auf den Fotos zu Hause hast du gesehen, wie du als Baby aus meinem Bauch gekommen bist und wie du Milch an meiner Brust getrunken hast und wie du gebadet wurdest. Weißt du das noch?

Papi mußte gestern früh ins Büro. Dann kamen sie uns holen, aber du warst sehr schläfrig. Erinnerst du dich noch daran? Wir sind ein ganzes Stück gelaufen. Ich habe einen Zettel für Papi dagelassen, denn es ist ihnen ein Irrtum unterlaufen, wir brauchten eigentlich gar nicht mit. Sie werden Papi den Zettel geben, und in ein paar Tagen fahren wir wieder nach Hause. Es gibt hier noch viele Leute mit Kindern, so daß du dich nicht langweilen wirst. Wir haben nicht viel Spielzeug mit, weil wir sofort weg mußten. Ich konnte nicht einmal der Nachbarin Bescheid sagen. Zum Glück sind wir später vielen Bekannten begegnet. Weißt du noch? Der nette Herr L. hat noch Spaß mit dir gemacht. Er wollte auch Papi Bescheid sagen. Das hat er jetzt längst getan. Vielleicht bekommen wir morgen, wenn es hell wird, schon einen Brief von Papi.

Es sind noch mehr Leute hier, darum müssen wir flüstern. Sonst werden die wach. Die Leute sind hier alle müde. Du auch, ja? Im Zug hast du immer geschlafen. Erinnerst du dich noch an den Zug? Nein, gelt Schätzchen, du warst so schläfrig.

Es ist schon dumm, daß sie sich geirrt haben, aber in ein paar Tagen sind wir wieder zu Hause."

Jemand rief Ssscht. Mutter flüsterte so nahe an meinem Ohr, daß es kitzelte. „Schlaf jetzt schön ein. Ich bleibe bei dir. Morgen schauen wir uns das Lager an, und in ein paar Tagen fahren wir wieder nach Hause, zu Papi."

Sie gab mir einen Kuß. Die Luft in meiner Nase war kalt. Unter der Decke war es auch kalt. Ich kroch dicht an meine warme Mutter und ihre warme Luft stieg in meine Nase.

Am zweiten Tag kam ein Brief von meinem Vater und am vierten ein Päckchen. Ich fragte jeden Tag, ob wir schon nach Hause könnten. Aber sie sagte, noch ein paar Tage.

Nach einer Woche kehrten wir zurück. Mit uns gingen noch ein paar Leute, die meisten blieben.

Mein Vater wartete auf uns.
Er küßte meine Mutter und mich, und sie weinten.

Der Hampelmann

„Du kannst deine Augen ganz gut zuhalten“, sagte meine Mutter. „Mach sie mal ganz fest zu. Ich trage dich hinein, und du darfst sie wieder aufmachen, wenn ich es sage. Abgemacht?“

Ich drückte die Augen zu. Durch meine geschlossenen Lider konnte ich das Licht sehen, das in meinem Zimmer brannte. Ich hörte meinen Vater. „Sollen wir kommen?“ rief Mutter. Sie nahm mich auf den Arm. Ich guckte bloß mal eben, was geschah. „Nein, Schatz, zuhalten, das hast du doch versprochen.“ Sie lief mit mir durchs Haus. Weil meine Augen immer aufgehen wollten, legte ich die Hand darüber. Ich merkte, daß wir zu meinem Vater kamen. „Jetzt mach sie nur auf.“ Im selben Augenblick begannen Vater und Mutter, „Hoch soll er leben“ zu singen. Vater und Mutter küßten mich auf die Wangen und ich gab Küßchen zurück. Vater nahm mich aus Mutters Armen in seine. Meine Mutter schaute mich an. In ihren dunklen Augen sah ich die Lampe sich widerspiegeln. An meiner Wange fühlte ich die rauhe Wange meines Vaters und seine kitzelnden Haare. Sein Haar war schwarz. Mutters Haar war rot. Wir hatten unsere Morgenmäntel an. Der von Vater war hellbraun. Meiner und Mutters waren hellblau. Auf dem Tisch lagen allerlei bunte Sachen.

„Willst du deine Geschenke nicht auspacken?"

Ich schaute Vater an. Die Farben auf dem Tisch spiegelten sich in seinen Augen. Ich gab ihm einen Kuß auf die Nase. Er mußte lachen.

„Willst du deine Geschenke nicht näher ansehen?" Er wollte mich auf den Boden stellen, aber ich saß grade so gemütlich. Ich hatte einen Arm um seinen Hals gelegt und hielt ihn fest.

„Das ist alles für dich." Mutter nickte mir zu, zeigte auf den Tisch und küßte mich. Sie nahm ein rotes Päckchen vom Tisch, begann es aufzumachen und fragte mich, ob ich ihr helfen wolle. Während sie das Päckchen festhielt, versuchte ich, mit einer Hand das Papier abzumachen. Es zerriß.

„Das macht nichts, es ist nur das Papier.“ Vater stellte mich auf den Boden. Mit beiden Händen zog ich das Papier herunter. Heraus kam eine flache hölzerne Puppe mit Schnüren. Ihr Leib war braun, rot und gelb. Ihr Gesicht lachte. Mutter griff nach einer Schnur und hielt sie hoch. „Zieh mal hier dran.“ Mit einer Hand hielt ich Vaters Morgenmantel fest, mit der anderen gab ich der Schnur einen Ruck. Meine Mutter half mit, und die Puppe streckte die Arme und Beine zur Seite und ließ sie wieder fallen, so, wie ich zog und wieder losließ.

„Wir werden den Hampelmann über deinem Bett aufhängen. Hier, Schatz, faß mal mit beiden Händen an.“ Ich nahm ihn und freute mich an meiner Puppe. Vaters Arm lag um Mutters Schultern, und zusammen sahen wir dem tanzenden kleinen Hampelmann zu. Ich mußte jedesmal sehr lachen, wenn er seine Beine breitmachte. Sie lachten auch.

„Da sind noch viel mehr Geschenke. Schau.“ Ich blickte auf den Hampelmann in meiner Hand.

„Es ist zuviel auf einmal. Wir wollen sie ihm später geben“, sagte mein Vater. Er nahm mich mit seinen beiden großen Händen um die Mitte, hob mich hoch, und ich flog lachend durch die Luft. Er setzte mich auf seine Schultern, beugte sich bei den Türen ganz tief vor und ließ mich auf das große Bett meiner Eltern plumpsen. Ich kroch unter die hellblauen Decken. Vater und Mutter tranken Tee im Bett. Wir lachten über meinen Hampelmann.

Später bekam ich auch die anderen Geschenke.

Der Kaufmann

Hinter meinem Rücken war der Eingang zum Laden. Die Tür stand offen. Meine Mutter war drin. Ich hörte sie mit dem Ladenbesitzer reden. Regen prasselte auf meine Kapuze. Meine Hände unter dem Cape blieben trocken. Ich steckte eine Hand durch den Schlitz. Ich sah die Regentropfen auf meine Hand herunterkommen. Immer an einer anderen Stelle gaben mir die Tropfen einen kleinen, kalten Stupser.

Überall um mich herum war Sand. Ich nahm einen hellgelben Backstein und stellte ihn hochkant in den dunkelgelben Sand. Ich ließ los. Er fiel um. Ich machte den Sand mit dem Stein ein bißchen glatt. Da blieb er stehen.

Meine Mutter kam und stellte sich neben mich. „Findest du es schön im Regen? Willst du dein Eimerchen und Schäufelchen haben? Ich hol es dir schnell.“ Ich sah mich um. Sonst war niemand da. Ich sah nur den Laden: ein nasses Fenster und ein dunkles Loch. Mutter rief hinein, daß ich zum Spielen vor der Tür bliebe. Der Kaufmann rief „gut".

„Gleich siehst du mich da oben am Fenster." Sie zeigte zu unserem Fenster. Mutter lief zu unserem Haus. Ich schaute ihr nach. Der Kaufmann stellte sich in die Türöffnung. „Feiner Regen, was?" Ich zeigte auf meine Mutter. „Sie kommt gleich zurück", sagte er. Meine Mutter klopfte laut an unser Fenster und winkte mir zu. Ich lachte und winkte zurück. Ich nahm noch einen Stein und stellte den ebenfalls hochkant hin. Er fiel immer um, wenn ich losließ. Auf einmal stand Mutter neben mir. Sie stieß die Schaufel in den Boden und tat Sand in den Eimer. „Siehst du? So", sagte sie. Das wußte ich aber schon. Ich griff nach der Schaufel und begann zu schaufeln. „Ich geh wieder nach oben", sagte sie und küßte mich auf die nasse Stirn. Ich gab ihr ein Küßchen auf ihr nasses Kinn.

Mit meiner Schaufel klopfte ich den Sand glatt. Die Steine blieben darauf stehen. Meine Mutter hatte mir auch ein Förmchen mitgebracht. Ich tat Sand hinein und legte lauter Sandtorten nebeneinander.

Die Steine fielen um. Ich sah zwei Füße. Ich stand auf. Ein Junge schaute mich an. Er hob ein Bein und hielt den Fuß über eine Torte. Ich blickte auf meine Törtchen. Platsch. Das größte war kaputt. Er trampelte auf allen herum. Das Förmchen verschwand im Sand. „Hahaha", rief er und lief weg. Ich mußte lachen. Mit meiner Schaufel grub ich das Förmchen aus dem Sand. Ich legte neue Törtchen auf ein glattes Stück Sand. Ich schaufelte den Eimer voll, um einen großen Kuchen zu machen. Mit der Hand strich ich eine Stelle schön glatt. Da traten mir die Füße fast auf die Hände. Ich zog sie rasch fort und schaute zu dem Jungen auf. Er zertrat alle Törtchen. Er besah seine Fußstapfen. „Haha" und „so" und „prima", rief er. Ich schaute zu unserem Fenster. Meine Mutter war nicht zu sehen. Die Ladentür war zu. Meine Kapuze wurde mir vom Kopf gezerrt. „Haha, was für ein Judenmantel." Eine Menge Sand kam auf meinen Kopf herab. Ich fing an zu weinen. Der Eimer fiel neben mir zu Boden. Ich stand auf. Ich rannte zu unserem Haus. Ich rannte die Treppe hinauf. Ich trommelte an die Tür. Meine Mutter machte auf. Sie nahm mich hoch. Sie sagte: „Ach, Schatz, was ist denn los?“ Sie drückte mich an sich. Mit einem Waschhandschuh wischte sie mir vorsichtig den Sand aus dem Gesicht. Sie küßte mich und strich mir den Sand vom Kopf. Ich hörte auf zu weinen. „Ach, was für ein tiefer Seufzer“, sagte sie. Sie nahm mich mit ans Fenster. „Hast du deine Schaufel und dein Eimerchen nicht mitgebracht?“

Sie ging sie holen. Ich wollte nicht mit. Ich schaute aus dem Fenster. Sie kam zurück. Ich lief zur Tür, auf sie zu. Ich fragte, ob sie auch das Förmchen habe. Sie ging zurück. Das Förmchen war nicht mehr zu finden.

Später kam mein Vater nach Hause. Wir erzählten ihm, was geschehen war. Vater fragte, ob es der Junge vom Kaufmann gewesen sei. Ich nickte. Vater ging hinaus. Ich schaute aus dem Fenster und sah ihn in den Laden gehen. Nach einer Weile kam er wieder zurück. Er nahm mich auf den Schoß und gab mir einen Kuß. Der Kaufmann hatte gesagt, daß es bestimmt nicht sein Sohn gewesen sei; daß er uns doch immer alles wie sonst verkauft habe; daß ihm das schon genügend Schwierigkeiten eingebracht habe; daß mich Mutter aber auch allein vor seinem Laden zurückgelassen habe. Vater sagte, Mutter solle das nicht wieder tun.

Am nächsten Mittag weinte meine Mutter. Vater tröstete sie. „Er will mir nichts mehr verkaufen“, sagte sie. „Ich hab gefragt, warum nicht, wir haben doch immer gut bezahlt. Er sagte, es sei verboten.“ Vater sagte, Mutter könne ja im Laden eines Bekannten einkaufen, der werde uns gewiß helfen. Mutter fand es zwar etwas weit zu laufen, aber na ja.

Ich kletterte auf Mutters Schoß. Ich legte den Arm um ihren Hals. Sie drückte mich an sich. Vater kam zu uns.

„Wir machen einen Kreis aus Köpfen“, sagte er. „So können wir uns alle drei zugleich einen Kuß geben.“

Und das taten wir.

Der Fensterputzer

„Der Fensterputzer ist da." Meine Mutter weckte mich sanft aus meinem Mittagsschlaf. „Willst du zusehen?"

Ich stand im Bett und legte meine Arme um ihren Hals. Sie nahm mich auf den Arm und trug mich ins große Zimmer. Der Ofen brannte und die Lampe war an. Ich hörte Musik.

Ich kletterte auf die Bank gegenüber dem Bücherschrank. Der Fensterputzer winkte mir durch die Scheibe zu. Ich winkte zurück. Mutter gab mir einen Becher warme Milch. Draußen war es dunkel. Der Fensterputzer hatte weiße Kleider an. Mit dem Schwamm machte er die Fenster naß. Er rieb von oben nach unten, von links nach rechts nach links. Manchmal kratzte er etwas mit dem Fingernagel fort. Dann machte er dasselbe nochmal mit einem anderen Schwamm, den er in einen anderen Eimer tauchte. Er drückte den nassen Schwamm ganz platt gegen die Scheibe. Wasserbäche schlängelten sich das

Fenster herunter. Er zog das meiste Wasser mit dem schwarzen Wischer weg: links rechts links rechts, in großen Bogen. Aus dem weißen Eimer nahm er das Fensterleder, wrang es aus und faltete es zusammen. Links rechts, genau wie mit dem Wischer, aber diesmal ging es schwerer. Ich hörte es auf der Scheibe quietschen. Mutter schaute vom Bügelbrett auf. Sie stellte die Musik lauter. „Findest du die Musik schön?" Ich nickte. Sie fing an zu singen. „Die Musik hat Mozart gemacht. So hieß der Komponist, merk dir das mal, Mozart."

Sie stellte das Bügeleisen hochkant auf das Brett und nahm wieder etwas vom Stapel. „Willst du es für mich naßmachen?" fragte sie mich. Ich trank noch einen Schluck warme Milch. Dann ging ich zu ihr. Sie tauchte meine Hand in das lauwarme Wasser und sprengte die Tropfen auf den Stoff eines ihrer Kleider. Der Fensterputzer kniff die Lippen zusammen und nickte. Er stellte sich auf die Kante der Fensterbank, rückte die Leiter weiter und machte das andere Fenster naß. Mutter rollte das Kleid zusammen. Ich tauchte meine Hand wieder ins Wasser, bespritzte noch ein paar andere Kleider und rollte sie auf. Dann bespritzte ich mein Haar.

Ich lief in mein Zimmer, kletterte auf mein Bett und griff nach dem Hampelmann. Den ließ ich für den Fensterputzer tanzen. Er klatschte in die Hände. Dann stieg er die Leiter hinunter.

Mutter nahm mich auf den Schoß. Sie bürstete sanft mein Haar, auf der einen Seite nach links, auf der anderen Seite nach rechts.

„Schau mal, wie hübsch du bist, was für herrliche Locken.“ Sie lehnte sich etwas zur Seite, sie betrachtete mich und ich sie. „Schau nur in den Spiegel.“ Ich blickte zum Fenster und sah uns da sitzen. Mutter hielt ihr Gesicht nah an meines. Die Lampe und der weiße Überzug auf dem Bügelbrett waren auch deutlich zu sehen.

2

Die Fähre

Meine Mutter machte die Knöpfe an meinem Cape zu und zog mir die Kapuze über den Kopf. Sie holte meine Hände durch die Schlitze hervor und zog mir die Fausthandschuhe an. Sie küßte mich, und mein Vater nahm mich an die Hand. Zusammen liefen wir die steinerne Außentreppe hinunter und auf die Straße. Wir gingen ein kurzes Stück die Straße hinab, durch den Schnee, überquerten ein kleines unbebautes Grundstück und kamen zur Anlegestelle der Amstelfähre. Es war windig und die Wellen klatschten gegen das dunkelbraune Holz.

Die Fähre lag am anderen Ufer. Ich zitterte. Vater streckte die Arme aus und schlug sie um den Leib. Gleichzeitig trampelte er ganz rasch mit den Füßen auf den Boden. Ich machte es ihm nach. Er gab mir die Hand und da standen wir beide und trampelten, bis die Fähre anlegte und wir an Bord gingen.

„Und", fragte mich der Fährmann, „willst du immer noch Fährmann werden?" Ich nickte. Zu dritt gingen wir zum Steuerhaus. Der Fährmann stieg die Treppe hinauf. „Na", rief er herunter, „kommst du zu mir rauf? Wir müssen abfahren."

Ich sah meinen Vater an. Vater sagte zum Fährmann, das ginge doch wirklich nicht. Das Steuerhaus war so klein. Und wenn das jemand merkte.

„Ach, es ist doch sonst niemand an Bord."

Vater beförderte mich die Treppe hinauf. Die Tür ging auf und ich trat ein. Vater paßte nicht mehr hinein. Durch die Scheibe in der Tür sah ich seinen Kopf langsam nach unten sinken. Ich schaute den Fährmann an. Er hob mich hoch und hielt mich mit dem Gesicht ans Fenster. Unten an der Treppe stand Vater, er winkte mir zu. Ich lachte. Der Fährmann stellte mich wieder hin. „Wir legen ab." Er drehte an allerlei Hebeln und zog an einer Kette. Ich erschrak über das Pfeifen. Vor mir war ein großes Steuerrad mit einem Handgriff daran. „Geh und steuere du", sagte er zu mir. „Wenn du es so herum drehst, fahren wir nach dieser Seite und so herum nach der anderen."

Es war ein solcher Lärm, daß ich ihn kaum verstehen konnte. Alles zitterte und rumpelte und der Motor machte auch Krach. Die Fähre schaukelte, und ich wußte, daß wir vom Ufer abgelegt hatten. Der Fährmann nahm meine Hände und legte sie auf das Rad. Ich sah mich um. „Oh, du siehst natürlich nichts", sagte er. Mit einer Hand hob er mich hoch. So hochgehoben zu werden war nicht angenehm. Unten stand mein Vater. Er schaute auf das Wasser. Die Haare wehten ihm übers Gesicht. Wir waren mitten auf dem Wasser. Ich sah die Wellen. Ich faßte das Steuerrad an und drehte es. „Da schau mal, was du tust", sagte der Fährmann. „Wir fahren ja völlig verkehrt." Ich sah, daß wir nicht mehr zum anderen Ufer hin, sondern flußabwärts fuhren. „Zurück, zurück, Kapitän", rief er lachend. Ich steuerte mit aller Kraft zurück und wir fuhren wieder in die rechte

Richtung. Der Fährmann stellte mich zu Boden und lachte. „Ein schöner Schiffer bist du." Ich griff nach dem Steuerrad und begann wieder daran zu drehen. Aber es ließ sich nicht mehr bewegen. „Jetzt mal loslassen, wir legen gleich an." Der Fährmann drehte das Rad rasend schnell herum. Ich schaute ihn an, aber er hob mich nicht auf. Als wir still lagen, ging er mit mir die Treppe hinunter.

Mein Vater holte eine Zigarre aus der Innentasche seiner Jacke. „Gib das dem Fährmann als kleines Geschenk. Weil er dich hat steuern lassen."

Ich schaute meinen Vater an. Mein Cape wehte nach allen Richtungen. Auf dem gelben Stoff waren schwarze Flecken. „Oh, sieh doch mal", sagte Vater. „Nun ja, das gehört dazu, wenn man ein Schiff steuert."

Ich gab dem Fährmann die Zigarre. „Danke schön. Kommst du auf dem Rückweg wieder?" Als wir die Fähre verließen, sagte er zu meinem Vater: „Der Kleine hat es gut gemacht. Er spricht auch schon gut Niederländisch."

Mein Vater sagte: „Er ist hier geboren. Wir tun unser Bestes, um Niederländisch mit ihm zu sprechen."

„Ihr seid aber schnell wieder da", sagte meine Mutter, als wir nach Hause kamen.

„Er durfte die Fähre steuern und wollte nicht spazieren gehen."

„Hat der Fährmann sich über die Zigarre gefreut?"

„Ja, er fand es sehr nett. Das ist ein netter Mensch. Wenn sie nur alle so wären", sagte Vater. Er sagte auch, daß mein Cape ein paar Ölflecke abbekommen hätte und putzte sie ab.

Mutter nahm meine Hände zwischen die ihren. Meine waren kalt, die ihren warm. Meine Finger prickelten.

Herr Paul

Mein Vater nahm mich mit in sein Büro. Meine Mutter hatte einen gelben Stern auf meinen Mantel genäht. Sie sagte: „Sieh mal, jetzt hast du genau so einen schönen Stern wie Papi.“ Ich fand ihn zwar schön, aber ich hätte doch lieber keinen Stern gehabt. Wir hatten ein ganzes Stück zu laufen. Zum Glück nahm mein Vater mich ab und zu auf seine Schultern.

Als wir da waren, sah ich eine gewöhnliche Haustür, genau wie an unserem Haus. Ich fragte, ob ich klingeln dürfe, aber Vater sagte, das mache er lieber selber. Er drückte viele Male auf die Klingel, und ich fragte, warum er das täte, denn ich durfte immer nur einmal kurz drücken. Er sagte, daß er mir das später einmal erklären werde. Wir stiegen die Holztreppe hinauf und wanderten durch einen dunklen Gang. Am Ende klopfte er an eine Tür. Jemand öffnete und sagte meinem Vater leise guten

Tag. Dann sagte er zu mir: „So, du also bist der Sohn deines Vaters, angenehm deine Bekanntschaft zu machen, mein Herr", und gab mir die Hand. Ich lachte ein wenig und Vater sagte, ich solle Herrn Paul guten Tag sagen. Dann zeigte Vater mir seinen Platz. Das war ein kleiner Tisch mit einer Schreibmaschine. Vater sagte, er gehe nur mal eben etwas in einem anderen Zimmer suchen, ich dürfe mich so lang auf seinen Platz setzen oder herumlaufen, aber anrühren dürfe ich nichts. Er zeigte mir, in welches Zimmer er ging.

Neben dem Tisch meines Vaters stand an jeder Seite noch ein Tischchen mit einer Schreibmaschine. Und neben denen wieder eines. Und vor mir und hinter mir auch. Ich stand auf und lief zu dem Platz, an dem Herr Paul saß. Ich fragte, wozu all die Schreibmaschinen da wären. Er sagte, sie seien zum Tippen da und fragte, ob ich sie schon gezählt hätte. Ich begann zu zählen. Ich lief durch die Gänge hin und her und zählte bis dreißig. Das stimmte. Herr Paul fragte, ob ich Lust hätte, auch etwas zu tippen. Ich sah ihn fragend an, ob das wirklich erlaubt sei. Er nahm mich auf den Schoß und tat ein neues Blatt Papier in die

Maschine. Er zeigte mir, wie es ging, und erklärte dabei immer genau, was er tat. Dann packte er meinen Finger und tippte mit mir zusammen meinen Namen. Er drehte die Rolle etwas weiter, damit ich es lesen konnte.

„Gefällt dir das?“ Ich wollte noch mehr tippen. Er nahm ein paar Kissen, stapelte sie auf Vaters Stuhl und setzte mich oben drauf. So reichte ich gut an die Tasten heran.

Ich begann zu tippen. Er selbst tippte auch weiter auf seiner eigenen Maschine. Ich versuchte, Vaters Namen zu schreiben, aber es war sehr schwierig, die richtigen Buchstaben zu finden. Sie waren alle durcheinander und sahen anders aus als die, die ich in der Vorschule gelernt hatte. Wenn ich einen Buchstaben nicht finden konnte, durfte ich Herrn Paul um Hilfe bitten. Er zeigte mir dann den Buchstaben auf seiner Maschine. Dann lief ich zurück, kletterte auf den Kissenstapel und tippte ihn auf mein Papier. Nach einer Weile hatte ich keine Lust mehr. Herr Paul hatte auch aufgehört. Er raschelte noch ein wenig mit den Papieren, aber sonst war es sehr still im Zimmer. Das weiße Papier blendete mir die Augen. Die Tasten der Schreibmaschine glänzten.

Mein Vater kam zurück und sah, daß ich getippt hatte. „Das ist sehr nett von Ihnen, Herr Paul", sagte er.

Wir gingen wieder fort. Ich gab Herrn Paul die Hand. Er fragte, ob er meine Hand behalten dürfe, aber ich schüttelte den Kopf: nein. Ich fragte Vater, ob wir nicht eine Schreibmaschine mit nach Hause nehmen könnten. Aber Vater sagte, das ginge nicht. Aber mein Papier durfte ich mitnehmen.

Daheim zeigte ich es meiner Mutter und erzählte ihr von dem weißen Licht ohne Lampenschirme und von all den Schreibmaschinen und von Herrn Paul.

MUIDERPOORT

Ein Mann schrie. Ich wachte auf. Die Tür wurde aufgerissen. Jemand stampfte herein. Das Licht ging an. „Was ist hier?" rief der Mann. Meine Mutter kam herein. Sie sagte: „Da ist der kleine Junge; gehen Sie da weg; für ihn sorge ich selbst."

„Los, beeilen", schrie der Mann. Mutter kam an mein Bett und strich mir über den Kopf. Ich hielt die Augen fest zu. „Wach auf, Schatz, wir müssen verreisen. Du weißt ja. Wir haben dir doch erzählt, daß wir vielleicht noch einmal auf eine Reise müssen. Es ist so weit. Sei lieb. Zieh dich schon selber an, so wie sonst auch."

„Los, beeilen", schrie der Mann. Das Schreien kam jetzt aus einem anderen Zimmer. Ich drehte mich um. Ich zog an der Schnur und machte das Licht aus. Ich wollte schlafen. Das Licht ging wieder an. „Los jetzt", hörte ich es nun ganz nahe. Jemand packte meinen Arm, die Decke wurde mir weggezogen. „Los." Ich schrie auf. Mit meiner freien Hand zog ich die

Decke über mich. Meine Mutter kam. Sie sagte zu dem Mann: „Was fällt Ihnen denn ein? Wir dürfen uns ja wohl noch anziehen! Jetzt haben Sie das Kind zum Weinen gebracht. Ich hätte mich schon selbst gekümmert. So dauert es nur noch länger."

„Los, beeilen", schrie der Mann. „Wir müssen fort, ich habe meine Befehle." Er schwang sein Gewehr über die Schulter und ging aus dem Zimmer. Das Gewehr knallte gegen die Tür. Meine Mutter fragte mich, ob ich mich bitte selbst anziehen wolle wie sonst auch. Sie habe noch so viel zu tun. Sie gab mir eine Hose, die sollte ich anziehen. Bis sie wiederkäme, müsse ich fertig sein. Ich begann mich langsam anzuziehen. Der Mann mit dem Gewehr stellte sich in die Tür. „Fertigmachen", schrie er. Ich schmiß weinend eine Socke nach ihm. Er rief meinen Vater. Vater hob die Socke auf und sagte, daß ich das nicht tun dürfe. Er half mir beim Anziehen.

Mutter kam herein und fragte, was ich noch auf die Reise mitnehmen wolle. Sie rannte wieder fort. Etwas später kam der grüne Mann wieder an meine Tür. Er hielt das Gewehr zur Seite, aber ich hatte es gesehen. Er lief wieder fort, als er sah, daß ich angezogen war. „Los", schrie er wieder, „beeilen." Meine Mutter kam, um zu fragen, was ich denn nun mitnehmen wolle, denn der Koffer müsse zu. Mir fiel nichts ein. Sie nahm mein Schmusetuch und stopfte es in den Koffer. Wir zogen unsere Mäntel an. Dann wollte ich meinen Hampelmann mitnehmen. Mutter sagte, es sei zu spät, der Koffer sei schon geschlossen. Ich fing an zu weinen. Vater sagte, dann müsse ich meinen Hampelmann selber tragen. Er nahm ihn von der Wand und gab ihn mir. Das Licht wurde ausgemacht, die Tür abgeschlossen, und wir liefen die Treppe hinunter. Mein Vater schleppte zwei Koffer, meine Mutter zwei Taschen. Ich mußte mich an ihrem Mantel festhalten. Der Soldat rief „beeilen", sooft mein Vater die Koffer einmal kurz abstellte. Es war sehr weit zu laufen. Ich begann zu weinen. Mutter nahm mich auf den Arm, aber so ging das nicht. Dann nahm sie einen Koffer und Vater setzte mich auf seine Schultern. Der Soldat rief „beeilen". Mutter sagte, daß er ja auch etwas tragen könne, wenn es so eilig sei. Er sagte, das dürfe er nicht, auch wenn er es gern täte. „Dann gehen wir eben so langsam, wie wir wollen“, sagte Mutter. Der Soldat nahm ihren Koffer.

Nachdem wir eine lange Zeit gelaufen waren, stellte er ihn hin. Er sagte: „Jetzt müßt ihr ihn selber weitertragen, sonst sehen sie mich.“ Wir mußten um eine Ecke und in ein Haus hineingehen.

In dem Haus waren viele Menschen. Wir dürften nicht zwei Koffer und zwei Taschen mitnehmen, sagten sie. Nur einen Koffer für meinen Vater und einen für meine Mutter. Mutter versuchte noch etwas aus den Taschen in die Koffer zu tun. Sie nahm Sachen aus den Koffern heraus und legte sie in eine Ecke des Zimmers.

Die Leute sagten, die Soldaten seien unverschämt. Mutter sagte, daß unser Soldat einen Koffer getragen hätte, obwohl er das eigentlich nicht durfte, und daß sie auch nur taten, was ihnen befohlen war. Die anderen Leute schimpften auf die Soldaten.

Die Tür ging auf. Es wurde still. Es kamen noch mehr Menschen ins Zimmer. Die meisten hatten lange schwarze Mäntel an.

Es kam ein Auto, in das wir alle einsteigen mußten. Es war sehr voll. Ich sah nur Mäntel. Wir stiegen aus und mußten in einen Saal gehen. Überall waren Menschen und Tische. Es war ein großes Durcheinander. Oben auf dem Balkon standen auch Leute. Ich fragte, wo wir seien. Das sei das Theater, sagte mein Vater. Früher seien hier Theaterstücke aufgeführt worden, die die Leute ansehen konnten. Er zeigte mir die Bühne und den Vorhang. Wir mußten lange in einer Reihe stehen. Ab und zu rückten wir ein Stückchen weiter an den Tischen vor. Mein Vater kannte viele Leute. Sie sagten ihm guten Tag. Sie blickten ihn nur sehr kurz an. Er schaute auf den Tisch. An jedem Tisch bekamen wir Stempel. Es dauerte immer sehr lang. Es war voll. Ich hielt mir die Nase zu. Es kamen immer mehr Menschen. Vater hob mich auf seine Schultern. Zwischen den Tischen war alles voller Köpfe. Ich sagte, daß ich Trudes Kopf sehe.

Wir mußten wieder hinaus. Soweit ich nur sehen konnte, liefen Menschen in schwarzen Mänteln. Wir mußten hinterher laufen. Und hinter uns kamen noch mehr Menschen. Hie und da stand ein Soldat mit einem Gewehr in der Hand. Die Leute sagten, daß wir nach Muiderpoort müßten. Am Ende der Straße sagte Vater: „Schau, da ist das Muiderpoort." Es war ein Gebäude mit einem Tor, durch das man hindurchgehen konnte. Wo waren all die Menschen geblieben, die vor uns auf der Straße gelaufen waren? Als wir um eine Ecke bogen, sah ich sie wieder laufen. Wir waren noch nicht da: das dort war das Muiderpoort, wir aber mußten zum Bahnhof Muiderpoort.

Wir stiegen in den Zug. Es war sehr voll. Die Leute sagten, daß wir nach Westerbork führen. Ich erzählte, daß meine Mutter und ich schon dort gewesen wären. Sie fragten Mutter, wie es dort sei und ob Männer und Frauen zusammenblieben. Mutter sagte, daß sie wohl getrennt schliefen, aber tagsüber zusammenkämen. Ich fragte, ob wir wieder in unsere frühere Baracke kämen. Mutter sagte, sie werde danach fragen.

Der Zug hielt oft an. Später mußten wir

wieder ein Stück laufen und mußten wieder Schlange stehen und bekamen wieder vielerlei Stempel. Mein Vater fragte, ob es kein Irrtum sei, daß wir hier wären. Er mußte daraufhin ein paar zusätzliche Papiere abgeben, aber es war kein Irrtum. Vater sagte, wir hofften jetzt bald nach Palästina auszuwandern, wir warteten schon so lange darauf. Er mußte darauf noch mehr Papiere abgeben. Vielleicht würden wir schon bald auswandern können.

An der Nummer, die draußen an der Holzwand stand, sah ich, daß Mutter und ich in eine andere Baracke gekommen waren als das vorige Mal.

Mutter holte die Bettücher aus dem Koffer und machte unser Bett zurecht. Mit dem Hampelmann und meinem Schmusetuch ging ich schlafen. Ich war sehr müde, obwohl es noch hell war. Die Leute redeten und machten viel Lärm.

Helle Dünen

„Dieses Mal ist es anders im Lager", sagte meine Mutter. „Diesmal sind wir zu dritt. Diesmal haben wir die allernotwendigsten Sachen mit, Bettlaken und ein Buch zum Beispiel. Diesmal ist es kein Irrtum: wir gehen morgen nicht zurück, wir bleiben hier oder wir fahren weiter", sagte sie. „Aber wir müssen schon wieder warten. Das vorige Mal mußten wir auf den Bescheid warten, um nach Hause zu dürfen. Diesmal müssen wir den Bescheid abwarten, um weiterzureisen, nach Palästina."

Mein Vater sagte zu Mutter, daß er alle Papiere abgegeben habe und daß wir auf die Stempel warten müßten.

Vater lehrte mich einstweilen die hebräischen Buchstaben. Ich brachte die Buchstaben durcheinander, denn er hatte sie ganz eng beisammen auf ein sehr kleines Blatt Papier geschrieben. Ich konnte wirklich nicht sehen, wo der eine Buchstabe begann und der andere aufhörte.

Ich lernte auch Lieder, in einer kleinen Klasse mit anderen Kindern zusammen. Die anderen Kinder kannten die meisten Lieder. Sie hätten sie schon viel länger gelernt, sagte das Fräulein.

Auf einmal konnte das Fräulein nicht mehr kommen. Mir war das einerlei. Nur mußte ich seitdem auch mittags schlafen.

Eines Abends sagte Mutter, daß ich nicht ins Bett müßte. Wir würden in einer Baracke zusammenkommen und dort würde gesungen werden. Ich fragte, ob dann alle hin kämen, auch mein Vater? Das war nicht der Fall. Diesen Abend waren die Leute aus unserer Baracke an der Reihe. Andere Leute an anderen Abenden. Das fand ich gut. „Aber du mußt mir versprechen", sagte meine Mutter, „daß du unterwegs nicht redest und daß du dort nicht zu weinen anfängst." Ich sagte, daß ich bestimmt nicht weinen würde, weil ich nur abends im Bett weinte, wenn ich Mutter nicht sah. Aber sie würde ja dort sein, wir würden zusammen hingehen und zusammenbleiben. Ich fragte, warum ich unterwegs nichts fragen dürfe, denn Mutter sagte sonst immer, ich solle nach allem fragen. Sie sagte, daß es eigentlich verboten sei, was wir vorhatten, und daß wir deshalb ganz leise hinschleichen müßten, damit niemand etwas merkte. Ich sagte, dann wolle ich lieber zu Bett gehen, aber sie sagte, dann würde ich ganz allein in der Baracke sein, weil alle anderen fortgingen. Es wäre dann auch niemand da, um sie zu holen, wenn ich weinte. Da begann ich zu weinen. Sie sagte, ich müsse es selber wissen, aber sie werde auf jeden Fall zu dem Gesangsabend gehen. Und wenn alle anderen auch hingingen, könne es also gar nicht so gefährlich sein.

Abends schlichen wir also durch das Dunkel, ganz dicht an den braunen Holzwänden der Baracken entlang. Es regnete und es war kalt. Mit einer Hand klammerte ich mich ganz fest an Mutters Hand. Meine andere Hand hielt ich vor den Mund, damit ich nicht doch aus Versehen Mutter nach etwas fragte. Die kalte Luft tat mir in der Nase weh. Mutter klopfte an die Tür der Baracke. Die Tür ging auf, und wir gingen rasch hinein. Die Tür wurde sofort wieder zugemacht. Es saßen eine ganze Menge Leute da. Sie waren klein, denn sie saßen auf niedrigen Bänken oder auf dem Boden. Die meisten hatten dicke schwarze Mäntel an. In einer Ecke brannte eine Kerze. Meine Mutter und ich setzten uns auf eine Bank neben andere Leute. Alle waren naß. Die Luft roch feucht. Es war nicht so kalt wie draußen, aber auch nicht warm.

Es kamen noch viele Menschen herein. Wir mußten immer wieder zusammenrükken. Ich konnte meine Arme nicht mehr bewegen. Ich sah nur noch Mäntel. Ich konnte mich auch nicht auf Mutters Schoß setzen, denn die Leute vor uns saßen viel zu nahe. Ich durfte aber stehen.

Es wurde etwas geflüstert, dann wurde es still. In der Ecke stand eine Dame auf. Sie hatte einen großen Busen. Sie begann zu singen. Immer mehr Menschen fingen an mitzusingen. Es wurde richtig laut. Ich schaute nach Mutter, aber sie sang einfach mit. Ich legte die Hände auf meine Ohren. Es klopfte.

Die Sängerin hielt inne und legte einen

Finger auf die Lippen. Es wurde still. Eine Frau kam herein und fragte böse, ob wir verrückt geworden wären. Wir müßten ganz still sein, bis die Wache vorbei sei. Danach könne das Singen weitergehen, aber nur ganz leise und nicht so, daß man es bis Amsterdam hören könne. Sie ging wieder hinaus. Die Kerze wurde ausgeblasen. Es war stickig und dunkel. Alle atmeten durcheinander. Ich begann durch den Mund zu atmen, um weniger laut zu sein. Meine Mutter legte ihren Arm um mich und drückte meinen Kopf an sich. Die Schritte draußen waren allmählich deutlicher zu hören. Langsam ging jemand an der Baracke vorbei. Dann wurden die Schritte wieder leiser. Ich atmete durch die Nase. Jemand seufzte und andere seufzten mit. Die Kerze wurde wieder angezündet. Die Dame mit dem Busen stand auf und sagte: „Jetzt leise, ganz leise." Jemand fragte, ob wir nicht noch etwas warten sollten, aber sie sagte, nein, an den anderen Abenden ginge es auch so, und draußen stünde ein Wachtposten, um aufzupassen.

Sie sang mehrere Lieder und danch sang sie: „Wo die hellen Dünen." Die meisten fingen an – leise – mitzusingen. Aber sie weinten mehr als sie sangen. Ich fragte Mutter, was Dünen seien, aber sie mußte auch weinen. Ich fragte, warum sie so weine und sie sagte „wegen des Liedes“. Als es aus war, klopften die Leute leise auf ihre Mäntel. Und es wurde gerufen, die Dame solle es noch einmal singen.

Und dann noch einmal. Aber da sang sie nur die paar letzten Zeilen. Ich konnte schon ein bißchen mitsingen. Meine Mutter weinte so, daß ich auch fast weinen mußte.

Meine Mutter half mir beim Ausziehen. Es war ein großes Getümmel in unserer Baracke, weil jetzt alle auf einmal zu Bett gingen. Mutter legte mich ins Bett und begann, sich auch auszuziehen, um schlafen zu gehen.

Ich wurde wach. Ich mußte zur Seite rücken und für sie Platz machen. Ich fragte, ob es ihr leid täte, daß wir hingegangen seien. Weil sie bei dem Lied so geweint hatte. Sie sagte, daß ich zu müde sei; sie werde mir das später schon noch mal erklären. Sie küßte mich auf die Wange und sagte gute Nacht.

Sammelplatz

Ich schreckte auf, weil die Sirene heulte.

Das letzte Mal, als die Sirene geheult hatte, mußten wir unter unser Bett kriechen. Es war sehr eng gewesen. Brummend flog ein Flugzeug über uns hinweg. Mein Bauch brummte mit. Es war, als ob das Gebrumm vom Barackendach käme. Dann wurde es leiser. Wir hörten einen Knall. Wir gingen nachschauen. Die Leute zeigten auf etwas, aber ich sah nichts. Meine Mutter half mir, ich durfte an ihrem Finger entlang gucken. Es brannte. Mutter sagte, das Flugzeug habe eine Bombe auf einen Bauernhof geworfen. Man sah gelbe Flammen und schwarzen Rauch. Die Leute sagten, daß das Flugzeug abgestürzt sei. Ich fragte, ob ein Flugzeug auf unsere Baracke stürzen könne. Mutter sagte, daß Flugzeuge keine Bomben auf Baracken werfen. Später war das gelbe Feuer nicht mehr zu sehen. Nur noch schwarze Rauchwolken.

Ich fragte, ob ich wieder unter das Bett

kriechen müsse. Mutter gab mir meine Kleider und sagte, ich solle mich rasch anziehen. Sie selbst war schon fast fertig. Als sie ganz fertig war, kam sie und half mir. Ich brauchte mich nicht zu waschen. Viele Leute liefen hinaus. Die Baracke war schon halb leer. Es war noch dunkel. Wir begegneten meinem Vater. Von allen Seiten her kamen die Menschen auf den großen Platz gelaufen. Über dem Platz schienen Lampen. Wenn man genau hinschaute, sah man, daß sie an hohen Pfählen befestigt waren. Wir stellten uns dicht an die braune Holzwand einer Baracke. Das Licht schien nicht auf uns. Neben und vor uns war alles voller Menschen.

Wo wir standen, war es nicht so windig.

Ich sah nur Mäntel und Schnee im Gegenlicht. Vater setzte mich auf seine Schultern. Ich Licht glänzte der weiße Schnee auf den schwarzen Köpfen. Ein Stück weiter, auf einer freien Stelle, stand ein Mann. Es war kalt. Vater stellte mich auf den Boden. Mutter flüsterte, daß es da weniger windig sei. Ich kroch unter Vaters Mantel. Da war es warm, aber ganz dunkel. Meine Beine und Füße waren kalt. Ich kam unter Vaters Mantel hervor. Ich stampfte leise auf, um meine Füße zu wärmen.

In der Ferne schrie jemand: „Ruhe." Danach wurde ein Name gerufen. Die Leute schauten sich um. Wieder ein Name. Jemand flüsterte „ach der". Wieder ein Name. Ein paar Leute liefen an uns vorbei. Sie verließen den Platz. Flüsternd fragte ich, ob wir auch fort durften. Vater sagte, daß ich gut zuhören müsse. Wenn ich unseren Namen hörte, dann würden auch wir fortgehen. Ich versuchte, die Namen zu verstehen, aber es war zu schwierig. Es wurden auch Nummern aufgerufen, und das machte es noch schwieriger. Es dauerte sehr lang. „Sie sind beim M", sagte Mutter, „jetzt gut aufpassen." Vater und Mutter hielten einander an den Händen. Ich konnte nichts verstehen.

Auf einmal drehte Vater sich um. Er küßte meine Mutter und sie küßte ihn. Sie drückten sich eng aneinander. „Hast du es gehört?" fragte mich meine Mutter. „Sie haben unseren Namen aufgerufen." Ich sagte, daß ich zwar so was gehört hätte, aber doch nicht sicher. Vater sagte auch, daß sie unseren Namen gerufen hätten. Sie küßten mich. „Jetzt gehen wir fort. Jetzt gehen wir nach Palästina." Ich sagte, daß es meiner Meinung nach ein anderer Name gewesen sei. Als wir den Platz verließen, gaben uns die Leute die Hand oder legten eine Hand auf Vaters Schulter. Sie sagten „Glück" und streichelten mir den Kopf. Vater und Mutter sagten „ach". Ich fragte meinen Vater, warum er die Leute nicht ansah, wenn er mit ihnen sprach. Er ließ mich auch immer jedem ins Gesicht sehen, der mit mir sprach. Mutter sagte, das werde sie mir später erklären; jetzt müßten wir rasch fort. Viele Leute liefen zu ihren Baracken. Manche weinten.

In der Baracke breitete meine Mutter ein Laken auf dem Bett aus. Darauf legte sie unsere Sachen, denn der Koffer durfte nicht mit. Ab und zu probierte sie, ob man das Laken noch zuknoten könne.

Längst nicht alle unsere Sachen hatten darin Platz. „Dann müssen wir dieses Buch auch hierlassen", sagte Mutter. Mir war das recht. Ich kannte das Buch auswendig. Als wir zur Baracke hinausliefen, lag unser Bett voller Sachen. „Was macht das schon", sagte Vater, „wenn wir nur erst in Palästina sind." Mein Vater schleppte auch ein Lakenbündel.

Wir liefen über den vollen Platz. Es

wurde keine Namen mehr gerufen. Die Leute schauten auf uns. Aber wir liefen weiter.

Wir kamen zu einem Bahnwaggon. Die Türen standen offen. Die Menschen mühten sich ab, hineinzuklettern. Wir mußten warten.

Dann standen wir vorn. Vater hatte sein Lakenbündel schon in den Waggon gelegt. Die Leute drinnen riefen, es sei voll, wir könnten nicht mehr hinein. „Aber wir dürfen auch mit", rief meine Mutter. Die Menschen hinter uns rannten zu einem anderen Waggon. Auch voll. Mein Vater lief zu einem dritten Waggon und fragte, ob noch Platz für uns drei sei. Meine Mutter hielt meine Hand ganz fest und sah auch hinein. „Wir haben ein Kind dabei", rief sie. Sie ließen uns einsteigen. Mutters Lakenbündel kam zuerst, danach meine Mutter. Dann setzte Vater mich in den Zug. Es war dunkel. Überall lag Stroh. Darauf saßen und standen die Menschen. Sie rückten zusammen, um für Mutter und mich Platz zu machen. Mutter legte das Bündel hin und setzte sich darauf. Ich konnte mich auch noch daraufsetzen. Mein Vater war fort. Ich fragte Mutter, wo er sei. Sie sagte, daß er sein Bündel hole. Ein wenig später kam er zurück. Er konnte es nicht finden. Er wußte nicht mehr genau, welcher Waggon es gewesen war. In dem Waggon, an den er sich erinnerte, hatten die Leute gesagt, sie hätten keines übrig. Mutter sagte, daß sie die Familie B. in dem Waggon gesehen habe. Vater wollte zurückgehen. Mutter sagte, daß wir gleich abfahren würden. Es wurde schon hell.

Mein Vater blieb lange weg. Eine der Waggontüren wurde zugeschoben. Mutter stand auf und stolperte zur Tür. Sie beugte sich aus dem Waggon und schrie Vaters Namen. Sie schrie, daß die Tür noch aufbleiben müsse. Sie zeigte irgendwohin und rief „da kommt er schon". Sie zog meinen Vater herein und die anderen halfen ihr. Sie fielen übereinander. Die andere Tür wurde zugeschoben. Es war dunkel. Ich fragte, ob sie zu mir kämen. Mutter sagte: „Erst mal ans Dunkel gewöhnen, wir kommen gleich." Durch die Spalten fiel Licht in den Waggon. Jemand zerrte an den Schiebetüren, bekam sie aber nicht auf. Mutter setzte sich wieder auf das Bündel. Vater stellte sich neben uns. Er hatte sein Bündel nicht zurückbekommen, aber das würde sich später schon finden. Mutter holte etwas aus unserem Bündel hervor. Sie sagte zu mir: „Du bist nun schon fast die ganze Nacht wach. Du mußt jetzt schlafen, sonst wirst du noch krank. Ich gebe dir eine Pille zum Schlafen." Ich sagte, daß ich ohne Pille schlafen könne. Es war keine ganze Pille, sondern nur ein Stück davon. Es gab nichts zu trinken. Ich machte Spucke und schluckte die Pille mühsam hinunter. Sie schmeckte eklig und knirschte zwischen meinen Zähnen. Ich legte mich nieder, denn sitzend konnte ich nicht schlafen.

Als eine Pfeife schrillte, wurde ich wach. Wir fuhren vorwärts, rückwärts, vorwärts, rückwärts. Es rumpelte. Mutter stieß mit dem Kopf gegen die Waggonwand. Vater sagte, daß der Zug abfahre und daß es deshalb so rumpelte. Das Rumpeln ließ nach. Jemand fing an zu singen. Ich kannte das Lied. Ich sang mit: Das Lied von der Hoffnung. Dann legte ich mich wieder hin. Mutter legte ihre Hand an mein Gesicht. Vater hatte sich auch niedergelegt. Ich war müde. In der Ferne keuchte die Lokomotive. Der Wagen ratterte und stieß auf den Schienen. Das Singen dauerte an.

3

Die Küche

Im neuen Lager begegeneten wir meinem Vater nie. Sobald wir angekommen waren, hatte man ihn auf die andere Seite geschickt. Aber ich konnte mich kaum an unsere Ankunft erinnern, weil ich von der Pille so schläfrig gewesen war.

Meine Mutter und ich schliefen zusammen im obersten Bett, dicht unter dem schrägen Holzdach der Baracke. Die Betten standen viel enger beisammen und waren viel schmaler als in Westerbork. Und hier waren es vier übereinander. Wir hatten keine Bettücher, denn Mutter hatte unsere Laken meinem Vater mitgegeben. Sie sagte, „weil er sein Bündel nicht wiedergefunden hat und weil er die Bettücher nötiger braucht als wir." Mein Hampelmann war verloren gegangen und auch mein Schmusetuch war fort. Aber eine Dame hatte ein wenig Zwirn und Mutter säumte für mich ein neues dreieckiges Tüchlein.

Es war sehr unangenehm, daß wir nie mit Vater sprechen konnten, denn wir warteten darauf, wie er mit unserer Reise nach Palästina vorankam. Abends redeten die Leute darüber, daß man überhaupt nicht nach Palästina fahren könne. Aber jemand sagte, „still, es sind Kinder da". Ich tat so, als ob mich das Gerede nicht störte. Nach einer Weile hörte ich es wirklich nicht mehr.

Ich aß wenig in diesem Lager. Meine Mutter sagte, ich müsse mehr essen, sonst würde ich krank. Aber ich hatte keinen Hunger.

Eines Tages, nach dem Essen, brachte Mutter mich an die Stelle, wo die Essenkessel standen. Es waren große eiserne Töpfe. Viele Kinder waren da. Mutter sagte, ich müsse ihnen helfen, die Kessel in die Küche zurückzutragen. Ich fragte, ob sie mitkomme, aber sie sagte, das ginge nicht. Ich müsse einfach einen Kessel an einer

Seite anpacken und tragen helfen und mit den anderen laufen. Nachher würden wir alle wieder zurückkommen und sie werde so lang auf mich warten. Ich hatte überhaupt keine Lust dazu, denn wir mußten durch den Zaun hinaus und über den Weg. Da standen überall Soldaten mit Gewehren. Vielleicht ließen sie uns nicht mehr zurück. Aber Mutter sagte, es müsse sein, alle Kinder müßten der Reihe nach tragen helfen, und da ich es noch nie getan hätte, müßte ich jetzt auch einmal helfen. Ich fing an zu weinen und sagte, daß ich wirklich nicht möchte. Mutter strich mir über den Kopf und sagte, daß ich es ihr zuliebe tun sollte. Die Leute würden sonst böse auf sie werden, wenn ich nicht helfen wolle. Ich sagte, daß ich es morgen tun würde. Aber das ging nicht.

Der Henkel war zu hoch für mich. Die großen Kinder trugen den Kessel. Ich brauchte nur die Hand daran zu legen. Ich sagte, daß ich ja dann eigentlich gar nicht mitmüßte, aber Mutter sagte, ich solle zeigen, daß ich mein Bestes tat.

Meine Mutter winkte mir nach und lachte. Beim Zauntor mußten wir etwas warten. Dann wurde aufgemacht. Die Soldaten hoben von jedem Kessel den Deckel auf und sahen hinein. Auf unserem Kessel war kein Deckel, wir durften gleich hindurch. Wir mußten ein Stück den Weg entlanggehen. Danach kamen wir in die Küchenbaracke. Da war es glühend heiß. An der Tür stand ein Mann, der nichts als eine lange Hose anhatte. Er zeigte uns, wo wir die Kessel hinstellen sollten. Er sagte auch, daß wir die Kessel gleich gut saubermachen sollten. Es gab großen Lärm, die Kinder klapperten mit den Deckeln. Der Mann fragte, ob noch mehr Kinder kämen. Dann machte er die Tür zu. Er hob die Hand und zählte bis drei. Plötzlich war es ganz still. Alle Kinder beugten sich über den Rand der Kessel. Manche Kinder reichten nicht mehr mit den Füßen auf den Boden. Man sah nur ihre Rücken und Beine. Ihre Köpfe und Arme waren verschwunden. Ich hätte gern beim Saubermachen geholfen, aber ich wußte nicht, wie man das macht. Und der Herr hatte es sehr eilig. Ich stellte mich dicht neben unseren Kessel und versuchte über den Rand zu schauen. Die Kinder, die unseren Kessel getragen hatten, waren schon weg. Sie machten einen anderen Kessel sauber. Der

Herr kam auf mich zu. Er hatte einen schwarzen Bart und Schnurrbart. Er schaute in den Kessel und dann auf mich. Er sah, daß ich den Kessel nicht saubergemacht hatte. Er fragte, ob es gut gehe. Ich nickte, aber er sagte, daß ich ja gar nicht herankönne. Er stellte einen Topf umgekehrt neben den Kessel. „Stell dich nur da drauf." Ich schaute über den Kesselrand. An der Wand hingen viele gelbe Kartoffelreste.

Nach einer Weile sagte der Herr, daß wir zurückmüßten. Als alle Kinder an der Tür standen, fragte er: „Hat es gut geschmeckt?" Sie riefen alle „jaa". Ich hatte meinen Kopf lange über den Kessel gebeugt und nicht bemerkt, daß er etwas Gutes ausgeteilt hatte.

Wir liefen zum Zaun zurück. Die Soldaten wiesen mit den Fingern auf uns. Um uns zu zählen, sagten die Kinder. Sie zählten etwa fünfmal. Dann durften wir hinein. Ich schaute nach meiner Mutter aus, aber sie war nicht da. Ich begann zu weinen. Ein großes Mädchen brachte mich zu Mutter in unsere Baracke. Mutter fragte, wie es gewesen sei, und ich erzählte, wie es zugegangen war. Daß ich gehofft hatte, der Herr würde nicht merken, daß ich nicht saubergemacht hatte. Aber ich hätte wirklich nicht herangereicht und er hatte mir nichts gegeben, um damit den Kessel sauberzumachen. Und daß die anderen Kinder etwas Gutes von ihm bekommen hatten, aber ich nicht. Und daß er deshalb vielleicht doch gemerkt habe, daß ich den Kessel nicht saubergemacht hatte.

Da schrie meine Mutter mich an: „Hast du denn den Kessel nicht saubergegessen, hast du nichts gegessen?" Ich sagte, der Herr habe nicht gesagt, wir sollten die Kessel sauber ausessen, er habe nur gesagt, wir sollten sie saubermachen. Und daß sie davon auch nichts gesagt habe. Sie war sehr böse. Zunächst auf mich und danach auf den Herrn. Sie nahm mich mit zu anderen Leuten und ich mußte immer wieder alles von vorn erzählen, und sie tat sehr böse gegenüber den Leuten. Eine Dame sagte, daß ich eine Woche warten müsse, dann dürfe ich noch einmal tragen helfen. Sie fragte, ob es mir Spaß gemacht habe, und ich sagte ja.

Jedesmal nach dem Essen, eine Weile nachdem die Kessel fortgebracht worden waren, klang ein sehr lautes „ja" aus der Küchenbaracke auf der anderen Seite. Ich stand mit anderen Kindern am Zaun und lauschte. Ich hatte den Ton schon früher gehört, aber nie gewußt, woher er kam.

Eine Woche drauf durfte ich wieder mit. Als ich hereinkam, schaute der Herr mich an. „Ich komm gleich zu dir und helfe dir", sagte er. „Du warst schon einmal da, nicht wahr?" Als die Tür zu war, kam er zu mir. Er hob mich hoch und wollte mich in den Kessel stellen. Ich fragte, ob er mich auch wieder herausholen werde. Er sagte: „Ja, natürlich." Es waren keine anderen Kinder an diesem Kessel. „Fang schnell an zu essen", sagte er. Ich fragte, womit. Er schob das Essen mit den Fingern zusammen und steckte es in seinen Mund. Ich sagte, Mutter erlaube mir nicht, daß ich die Finger ableckte. „Ich schon", sagte er und ging fort. Ich wußte nicht, was ich tun sollte. Die anderen Kinder leckten ihre Finger ab. Ich wollte grade auch anfangen, den Kessel mit den Fingern auszuwischen, als der Herr kam und mir einen silbern glänzenden Löffel brachte.

Der Kessel war noch nicht ganz leer, als der Herr rief, daß wir fortmüßten. Ich aß noch rasch weiter, aber er hob mich heraus und stellte mich auf den Boden. Den Löffel durfte ich behalten, aber ich mußte ihn gut unter meinen Kleidern verstecken.

Diesmal fand ich den Weg zu unserer Baracke allein. Meine Mutter war sehr froh. Ich sagte, daß der Herr in der Küche wohl ein guter Deutscher sein müsse, wie der damals in Amsterdam, der ihr beim Koffertragen geholfen hatte. Sie lachte und sagte, das sei gar kein Deutscher gewesen, sondern der Herr L., den ich doch kannte, der Vater von Marion, der Tochter von Frau L. Die Frau L. und Marion kannte ich zwar, aber daß das der Herr L. war ... Er sah ihm überhaupt nicht ähnlich.

Die Torte

Meine Mutter weckte mich. Sie hielt einen Finger vor den Mund. Es war ganz still in der Baracke. Sie flüsterte. Ich solle mich rasch anziehen. Sie sagte, daß sie eine Überraschung für mich habe. Ich mußte meinen Mantel und meine Fäustlinge anziehen. Wir liefen auf Zehenspitzen hinaus. Es war schon hell. Vor der Tür hielten wir kurz an. Das einzige, was ich hörte, war der Wind in den Bäumen auf der anderen Seite des Weges. Die Bäume konnte ich nicht sehen. Mutter schaute sich um. Sie nahm mich an die Hand. Ich wollte etwas fragen, aber sie sagte pssst. Sie zog mich mit sich. Es war kalt.

Mutter trug ein Päckchen unterm Arm. Sie sagte nicht, was darin war. Sie sagte auch nicht, was wir vorhatten. Sie lief sehr schnell.

Wir kamen zur Tür einer Baracke, wo sie leise anklopfte. Drinnen fragte jemand etwas und Mutter flüsterte etwas durch die Tür. Die Tür ging auf und wir traten ins

Dunkel. Unterwegs waren wir niemand begegnet. Der Mann, der uns hereingelassen hatte, sagte etwas, das ich nicht verstand, und hielt die Hand auf. Ich stellte mich dicht neben meine Mutter. Sie gab ihm etwas, und er hielt es nah vor sein Gesicht. „So war es nicht abgemacht", sagte er. „Den Rest bekommen Sie nachher", sagte Mutter, „wenn es vorüber ist". „Kommt nicht in Frage", sagte der Mann. „Alles jetzt gleich oder es wird nichts draus. So war die Abmachung. Ich gehe keinerlei Risiko ein." „Und wenn es nicht klappt?" fragte Mutter. „Sie sind nicht die erste. Vertrauen Sie mir nicht?"

Mutter gab ihm noch etwas. Er machte eine Tür auf und ließ uns eintreten. Drinnen war es etwas heller. Wir behielten unsere Mäntel an, weil es so kalt war. Auf den braunen Holzdielen standen ein brauner Holztisch und eine grüne Holzbank. Oben an den Wänden war an jeder Seite ein Fenster. Mutter legte das Päckchen hin und sagte, ich dürfe mich setzen. Sie lief hin und her. Gegenüber der Tür, durch die wir hereingekommen waren, gab es noch eine Tür. An der horchte sie und lief dann wieder herum. „Das dauert aber lange", sagte sie. Sie ging zu unserer Tür, öffnete sie und rief nach dem Mann. Er kam und sagte, wir sollten ruhig sein. Es gehe alles in Ordnung, aber wir müßten Geduld haben. Wir seien viel zu früh gekommen und das sei schon gefährlich genug. Mutter solle sich hinsetzen und keinesfalls mehr rufen oder herumlaufen. Sie solle langsam bis Tausend zählen und danach dürfe sie ihn nochmals rufen, falls es noch nötig sei. Er machte die Tür zu. Mutter ging wieder zu der anderen Tür und horchte. Ich zählte langsam bis Tausend, aber ich verzählte mich dabei.

Plötzlich ging die andere Tür auf. Mutter blieb stehen. Jemand kam herein. Er blieb in der Tür stehen. Ich kannte ihn wohl, aber er stand im Dunkeln. Ich lief zu Mutter. Sie stand neben dem Tisch und sie schaute ihn an. Er schaute sie an. Ich sah, daß sie erschrocken war. Ich faßte sie am Mantel. „Still", sagte er, „sag nichts, ich will nichts wissen." Die Stimme kannte ich ebenfalls. Er kam zu uns. Sie umarmten sich. Ich stand hinter Mutters Rücken. Sie weinte.

Dann wischte sie ihre Tränen ab. Sie sagte zu mir: „Du siehst doch, daß es Papi ist.“ Er sagte zu mir: „Ich habe mich sicher verändert, mit dem Bart und dem kahlen Kopf, kennst du mich noch?“ Er faßte mich sanft an. An seiner Hand konnte ich erkennen, daß es Vater war. Ich ließ mich ziehen. Er liebkoste mich. Es war aber viel Mantel und Haar zwischen uns beiden.

Mutter sagte, daß wir ein Päckchen für ihn mitgebracht hätten und gab es ihm. Zu mir sagte sie, wir müßten singen, weil er heute Geburtstag habe. Ich sagte, der Mann erlaube uns nicht, Lärm zu machen. Ich gratulierte meinem Vater und sagte genau nach, was Mutter mir vorsprach. „Diesmal kein Gedicht“, sagte Vater, „aber das nächste Mal rechne ich mit einem ganz langen Lied.“ Er drückte mich an sich.

Danach machte er das Päckchen auf. Es kam eine richtige runde Torte zum Vorschein. Er fragte, wie Mutter das gemacht habe. Sie holte einen Löffel aus ihrem Mantel. Ich sagte, daß ich den Löffel von dem Herrn in der Küche bekommen hätte. Mein Vater dürfe ihn natürlich gern benützen. Er nahm einen Happen. Ich sah, daß es doch keine echte Torte war. Es waren zusammengedrückte Kartoffeln und Brotstückchen. In den letzten Tagen hatte Mutter nicht mehr gesagt, daß ich meinen Teller leer essen müsse, sie war richtig lieb gewesen und hatte nur gefragt, ob ich nicht mehr mochte. Dann hatte sie meinen Teller rasch mitgenommen.

„Das hättest du aber nicht tun sollen", sagte mein Vater, „du hast sicher eine Woche nichts gegessen, um diese Torte für mich zu machen." „Sie ist von uns beiden", sagte Mutter, „du brauchst es viel nötiger als wir." Vater begann zu essen. Er fragte, ob ich auch etwas wolle, aber ich mochte nichts.

Er fragte, ob ich gut für Mutter sorgte. Darauf wußte ich keine Antwort. Mutter sagte, daß ich gut für sie sorge, wenn ich auch oft weine und wenig esse. Vater sagte, ich müsse gut essen, weil ich sonst krank würde, und das wolle er nicht.

Ich fragte, ob ich so wie früher auf seinen Schultern sitzen dürfe. Er sagte, das dürfe ich und stand auf. Aber er konnte mich nicht hochheben. Mutter sagte, daß ich viel zu schwer für ihn sei. Er sagte:

„Laß uns nur machen." Er half mir, auf die Bank zu klettern. Dies eine Mal durfte ich mit Schuhen auf dem Tisch stehen. Er setzte sich hin und ich kletterte auf seine Schultern. Er ließ mich auf sich reiten und lief mit mir herum. Mutter half mir wieder herunter. Vater mußte weiteressen, denn es war nur wenig Zeit.

Wir schauten zu, wie er aß. Als er fertig war, sahen sie einander an. Vater sagte, daß es nun wohl an der Zeit sei. Mutter sagte, der Mann würde uns fünf Minuten vor der Zeit Bescheid sagen. Sie wanderten miteinander durch das Zimmer und sprachen. Mutter flüsterte etwas und umarmte meinen Vater. Er sagte: „Ach nein, das geht doch nicht." „Aber ja", sagte Mutter, „ich weiß, wie gern du möchtest, das geht schon." „Und das Kind?" fragte Vater. „Das merkt nichts davon", sagte meine Mutter. Aber er sagte, daß es doch nicht richtig wäre. „Dann muß er draußen warten", sagte Mutter. Sie kam zu mir und sagte, ich solle schon mal von Vater Abschied nehmen, ich müsse ein Weilchen im Gang warten, und sie werde gleich nachkommen. Ich wollte das nicht. Vater sagte: „Laß ihn nur, es braucht wirklich nicht zu sein.“ „Jetzt geh schon“, sagte Mutter zu mir und führte mich hinaus. Sie fragte den Mann, ob ich ein bißchen bei ihm bleiben dürfe und ging wieder hinein. Ich setzte mich im Dunkeln auf den Boden neben die Tür. Der Mann saß auf einer Bank. Im Dunkeln konnte ich ihn fast nicht sehen.

Im Zimmer hörte ich Vater und Mutter. Ich fragte den Mann, ob ich etwas Wasser trinken dürfe, aber er sagte nein. Ich konnte nicht verstehen, was Vater und Mutter redeten. Aber es klang, als ob sie sich stritten. Vaters Gebrumm und Mutters Gewimmer wurden immer lauter. Ich stand auf und wollte hinein. Der Mann sagte: „Nicht doch, setz dich hin.“ Ich fing an zu weinen. Der Mann sagte: „Still, sei doch still. Deine Mutter kommt gleich.“ Er gab mir ein wenig Wasser, aber ich weinte weiter. Er zog mich von der Tür fort. „Wenn du nicht aufhörst, schmeiß ich dich raus, hörst du.“ Ich schrie, das wolle ich nicht. Er wurde böse, ging zur Tür und klopfte. Mutter rief, daß es noch nicht Zeit sein könne. Er rief, daß sie mich reinlassen müßten, mein Geschrei würde uns alle verraten. Mutter kam heraus und sagte, daß ich still sein müsse. Mein Vater rief, daß sie mich mit hereinbringen solle. Sie sagte: „Du darfst bei uns bleiben, aber dann mußt du dich dorthin setzen und zur Tür schauen und gut aufpassen, ob geklopft wird. Du darfst dich nicht umsehen." Ich sagte, daß ich das tun werde. Sie lief zu Vater hin. Sie flüsterten. Darauf hörte ich Mutter laut atmen. Mein Kopf drehte sich zu ihnen hin. Vater schaute über Mutters Schulter. Er umfaßte ihren Rücken mit seinen Armen. Sie bewegten sich. „Auf die Tür schauen", sagte Vater zu mir. Aber mein Kopf blieb umgedreht.

„So geht es nicht", sagte Vater. „Es ist jetzt ohnehin schon bald Zeit. Es geht wirklich nicht so schnell."

Es wurde geklopft. Der Mann rief, jetzt seien es noch fünf Minuten. Mutter drehte sich um und machte ihren Mantel zu. Sie kam auf mich zu, packte mich bei der Hand, zog mich zur Tür hinaus und sagte zu dem Mann, daß er mich schon mal rauslassen solle. Er dürfe mich nicht mehr hereinlassen, ob ich nun weine oder nicht. Sie sagte zu mir: „Ich komme gleich. Du wartest draußen und fängst nicht an zu weinen, sonst will ich dich nie wieder sehen." Sie ließ mich stehen und ging in das Zimmer. Der Mann schaute durch ein kleines Loch nach draußen, machte die Tür auf und stieß mich hinaus. Ich blieb auf dem Holztreppchen sitzen und wartete.

Bald darauf kam meine Mutter. Sie lief rasch, ich mußte rennen, um mitzuhalten, denn sie wollte nicht warten. Es liefen jetzt schon mehr Leute herum.

Anderntags war mein Geburtstag. Ich fragte, ob ich auch eine Torte bekomme. Mutter sagte, daß sie alles für meinen Vater verbraucht hätte. Diesmal bekomme ich nichts, aber das nächste Mal würde ich alles bekommen, was ich mir wünschte. Sie fragte, was ich mir dann wünschen werde. Ich wünschte mir einen neuen Hampelmann. Und so einen Hebelkarren, einen „Holländer". Und daß ich die Fähre selber steuern dürfe.

Lange Nase

Ich war wieder einmal mitgewesen, um die Kessel fortzubringen. Jetzt waren wir wieder im Lager, aber ich ging nicht gleich zu Mutter, sondern lungerte noch mit einer Schar Kinder herum. Wir gingen langsam am Stacheldraht entlang zu den Baracken. Die Sonne schien, und mir war warm. Ein paar große Kinder liefen vor mir und flüsterten miteinander. Auf einmal blieben sie stehen. Ich fragte, was denn los sei. Sie sagten, daß ich nicht hinsehen dürfe, aber auf dem Weg komme ein hohes Tier vorbei. Ich guckte und sah einen Soldaten in grünen Kleidern mit einem großen braunen Hund vorbeigehen. Der Hund sah aus wie der Wolf vom Rotkäppchen, aber der Deutsche hielt ihn an einer Kette fest. Die Kinder sagten, ich dürfe nicht hinschauen. Rasch kehrten wir alle dem Weg den Rücken zu, so daß ich nichts mehr sehen konnte. Ein großes Mädchen fragte: „Hast du eine Zunge?“ Ein paar Kinder rannten fort. Ich nickte. Sie sagte: „Das glaube ich nicht.“ Ich schaute nach den anderen. Ein Junge trat auch mich zu und packte mich fest. „Jetzt laß mal sehen.“ Ich machte den Mund auf und streckte die Zunge heraus. Wieder rannten einige Kinder weg. Ein großer Junge, der vor mir stand, machte einen Schritt zur Seite. Ich machte den Mund wieder zu. Ein paar Kinder riefen beeeh. Ein Mädchen sagte zu mir: „Du traust dich ja doch nicht, einem Deutschen die Zunge rauszustrecken.“ Ich sah sie an und streckte meine Zunge raus. „Nein“, sagte sie, „nicht zu uns, sondern so, daß er es genau sehen kann. Und eine lange Nase machen.“ Ich sagte, ich wüßte nicht, was eine lange Nase sei, und ein paar Kinder fingen an zu lachen. Der Junge, der dicht vor mir stand, spreizte die Finger, legte den einen Daumen an seine Nase und den anderen an den kleinen Finger seiner anderen Hand. Ich sagte, daß ich das auch schon gekannt hätte, ich hätte nur nicht gewußt, daß man das eine lange Nase nennt. Das Mädchen fragte, ob ich mich getraue, dem Deutschen eine lange Nase zu machen. Ich nickte. Die Kinder liefen fort.

Ich ging zum Zaun. Der braune, verrostete Stacheldraht war ganz eng gewickelt, und ich konnte fast nicht hindurchsehen. Meine Hand konnte jedenfalls nicht hindurch. Ich trat einen Schritt zurück. Draußen am Zaun stand grünes Unkraut. Dahinter war der graue Weg. Drüben auf der anderen Seite lief der Soldat mit dem Wolfshund. Ich spreizte die Finger, legte den Daumen an den kleinen Finger der anderen Hand und hob beide Hände vor meine Nase. Es war schwierig, sie grade zu halten. Dann streckte ich die Zunge raus und rief uuuaaah, wie die Kinder es immer taten. Jemand packte mich beim Arm und zog mich fort. Es war ein Mädchen. Sie sagte, ich sei wohl verrückt und solle sofort aufhören. Die anderen Kinder standen weiter weg und schauten zu. Das Mädchen zog mir die Hände von der Nase und drehte mich um. Ich wandte mein Gesicht zurück und streckte noch einmal meine Zunge heraus, so weit ich konnte. Sie gab mir einen Klaps und zerrte mich mit sich, weg vom Zaun. Die anderen Kinder rannten fort, als wir ihnen nahe kamen. Ich ließ mich von ihr mitziehen und streckte jedem, dem wir unterwegs begegneten, die Zunge heraus. Mit meiner freien Hand machte ich eine halblange Nase dazu. Kurz darauf waren wir bei unserer Baracke. Das Mädchen zog mich mit hinein und brachte mich zu Mutter. Sie erzählte, was ich getan hatte. Mutter sagte „Was!?" und gab mir eine harte Ohrfeige. Es sauste und prickelte, aber ich weinte nicht. Ich erzählte ihr von dem Deutschen und dem Wolfshund, und daß die anderen Kinder sich nicht getraut hatten, die Zunge rauszustrecken und daß sie geglaubt hatten, ich würde mich auch nicht trauen. Und daß das Mädchen dabeigewesen war, als die Kinder zu mir sagten, was ich tun solle. Und sie hätten mir versprochen, daß ich mit den großen Kindern spielen dürfe, wenn ich es täte.

Mutter fragte das Mädchen, ob das wahr sei, und es sagte, das sei so gewesen. Dann sagte Mutter, das Mädchen werde wohl noch von seiner eigenen Mutter darüber hören, doch sei sie jedenfalls sehr froh, daß das Mädchen Weiteres verhindert und mich zu ihr gebracht habe.

Das Mädchen ging fort. Mutter begann zu weinen. Sie sagte: „Weißt du denn, was du getan hast? Willst du, daß sie uns umbringen, daß sie uns alle umbringen? Warum tust du so etwas? Wirst du das nie wieder tun?“ Ich sagte, das wisse ich noch nicht, denn der Deutsche habe gar nichts gesehen, weil er ja schon vorbei war, als ich es tat, und sich gar nicht umgesehen hatte. Meine Mutter schrie, ich sei wohl verrückt geworden, und was für ein Glück ich gehabt hätte, daß der Soldat sich nicht umgeschaut hatte. Sonst hätte er sicher den Hund auf mich gehetzt, und sie hätte er totschießen lassen. Und das könnte sehr wohl noch passieren, weil ein anderer Soldat es gesehen haben könnte.

Ich sagte, es wären weiter überhaupt keine Deutschen in der Gegend gewesen. „Und die Wachtposten?“ schrie sie. Ich verstand nicht, was für Wachtposten sie damit meinte. Sie stand auf und zog mich mit sich hinaus. Dort stand eine ganze Gruppe von Müttern.

„Jetzt mußt du mir gut zuhören“, sagte meine Mutter. „Ich werde dir etwas zeigen, ohne den Finger zu heben. Und du darfst auch nicht hinzeigen. Du darfst auch nicht zu lang in die Richtung schauen. Du mußt genau tun, was ich sage. Schau über meine Schulter. Siehst du den Wachtturm?“

Ich sah nur die Baracken und hinter dem

Zaun ein paar hohe Pfähle. Das sagte ich ihr. „Die Pfähle“, fragte sie weiter, „was ist oben auf den Pfählen?“ Ich blickte etwas höher und sagte: „Eine Art Hütte.“

„Die Hütte ist der Wachtturm. An allen Seiten stehen Wachttürme. Hast du das nicht gewußt?“ Ich sagte, daß ich das nicht gewußt habe und daß die Pfähle übrigens ja draußen vor dem Stacheldraht stünden und also gar nicht zu unserem Lager gehörten. Meine Mutter sagte: „Jetzt wirst du dich gleich zusammen mit mir umdrehen. Dann siehst du noch einen Wachtturm. Und darin siehst du einen Soldaten. Er hält Wache und sieht alles. Aber du darfst nicht zu lange zu ihm hinschauen, darum mußt du dich einfach langsam weiterdrehen, ohne stehen zu bleiben.“ Das tat ich und sah einen anderen Wachtturm mit einem Soldaten, der darin herumlief. „Hast du ihn gesehen?“ fragte Mutter. Ich nickte. „Er sieht dich überall. Und wenn er dich mal nicht sieht, so gibt es bestimmt einen anderen Wachtposten, der dich sehen kann. Hoffen wir bloß, daß sie nichts von dem Zungenrausstrecken bemerkt haben.“

Meine Mutter ließ mich stehen und ging

zu den anderen Müttern. Bei unserer Baracke war jetzt auch alles voller Kinder. Die Mütter stritten sich, welche Kinder die größte Strafe bekommen sollten. Es ging auch um mich. Aber meine Mutter sagte, daß ich es nur getan hätte, weil mich die großen Kinder dazu angestiftet hatten. Ich stand dabei und schaute zum ersten Wachthaus hinauf. Auf einmal sah ich auch darin einen Soldaten. Er hielt ein Gewehr fest, das auf einer Kante auflag. Er lief langsam herum und drehte sich in meine Richtung. Sein Gewehr drehte sich mit, bis es genau auf mich zielte. So blieb er stehen. Er schaute mich an. Ich hörte einen Knall. Die Frauen und Kinder kreischten. Meine Mutter kam zu mir, packte mich bei der Hand und zog mich mit hinein in die Baracke. Ich weinte.

Mutter tröstete mich. Sie sagte, daß er nur gefeuert habe, weil so viele Leute beisammengestanden hatten, und das sei verboten. „Sie schießen nicht gleich auf Menschen, sie schießen erst zur Warnung in die Luft."

Am folgenden Tag begegnete ich den größeren Kindern. Aber ich durfte doch nicht bei ihnen bleiben. „Denn", sagten sie, „du hast deiner Mutter erzählt, daß wir dich angestiftet haben." Ich sagte, daß ich nichts erzählt hätte. Das Mädchen jedoch, das sie hätten fragen können, war nicht dabei. Sie sagten, sie sei krank oder so.

Schatten

Fast alle in unserer Baracke schliefen noch, aber meine Mutter hatte Dienst, und deshalb waren wir schon früh angezogen. Trude kam herein. Sie sagte, daß mein Vater wieder in der Krankenbaracke liege und daß Mutter für Waschzeug sorgen und seine Kleider abholen solle. Trude hatte wenig Zeit, sie ging gleich wieder fort. Mutter war ärgerlich, weil sie zum Dienst mußte und deshalb nicht zu Vater konnte. Sie gab mir die Sachen und sagte, ich solle rasch gehen und Vater sagen, sie komme später, sobald sie mit ihrer Arbeit fertig sei.

Ich kannte den Weg, denn Vater hatte schon vorige Woche in der Krankenbaracke gelegen. Wir hatten ihn jeden Tag besucht. Das erste Mal hatte ich ihn nicht erkannt, weil sein Bart wieder abrasiert war. Und er hatte sehr große Augen gehabt, als er wach gewesen war. Aber er hatte viel geschlafen in der Krankenbaracke. Mutter hatte gesagt, er sei noch gar nicht gesund gewesen, als er wieder heraus durfte. „Das wird nicht lange gut gehen", hatte sie gesagt. Mir tat es leid, weil wir uns danach wieder nicht mehr sprechen konnten. Er war damals zwar krank gewesen, aber wir hatten uns wenigstens jeden Tag gesehen. Er hatte gelächelt, als er fortgegangen war. Es hatte ihm nicht viel ausgemacht. „Der Doktor kann auch nichts dafür", hatte er gesagt. „Er kann mich hier nicht ewig liegen lassen."

Ich begriff nicht, warum Mutter vorhin so sehr erschrocken war. Sie hatte das ja erwartet. Ich freute mich darauf, ihn wiederzusehen.

Ich klopfte an die Tür der Krankenbaracke. Jemand machte auf, und ich sagte, ich käme wegen meines Vaters und meine Mutter komme später, wenn ihr Dienst aus sei. „Wie heißt du?" Ich sagte meinen Namen. „Lauf nun schnell zu deiner Mutter und sage ihr, sie soll sofort herkommen, sonst ist es zu spät." Ich fragte, ob es ihm denn schon wieder besser gehe. „Er geht fast hinüber, deine Mutter soll nur rasch kommen." Ich sagte, daß ich seine Kleider dann ja nicht mitzunehmen brauche. Aber ich bekam seine Schuhe in die

Hand gedrückt und wurde fortgeschickt.

Vor der Krankenbaracke war eine kleine Wiese. Die Schlafbaracken begannen erst ein Stück weiter. Es war schon hell, und die Sonne schien auf das grüne Gras. Ich lief auf die Wiese. Sie war naß und die Tropfen glitzerten auf den Grashalmen. Ich blieb stehen und trat gegen das Gras. Die großen Tropfen fielen herunter, aber das Gras blieg weiter naß. Ich steckte die Hände in Vaters Schuhe und lief auf vier Schuhen durch das Gras. So aus der Nähe glitzerten die Tropfen noch mehr. Das Licht in den Tropfen stand nicht still, es bewegte sich. Die Tropfen ließen sich nicht von den Halmen blasen.

Als ich an den Rand der Wiese gelangt war, auf den braunen Sandweg bei den Schlafbaracken, richtete ich mich auf. Aber ich behielt Vaters Schuhe an den Händen. Die Sonne schien auf die braune Wand der einen Baracke bis knapp unter die Dachkante. Der Weg und die Wand der anderen Baracke waren dunkel, fast schwarz. Ich lief an der schwarzen Wand entlang, um nicht in die Sonne zu kommen. Am Ende der Baracke mußte ich mich ganz dünn machen und seitwärts dicht neben der Baracke laufen bis unter das Dach, das etwas überragte. Sonst wäre ich in die Sonne gekommen. An der Schmalseite war ich vorbei und nun mußte ich zur nächsten Baracke hinüberlaufen. Ich kroch auf den Knien unter der Sonne durch zur anderen Seite. Dort blieb ich wieder im Schatten der langen Barackenseite und auf einmal war ich wieder bei der Krankenbaracke. Ich ging denselben Weg zurück bis an die Stelle, wo ich herübergekommen war und lief nun immer an den kurzen Schattenseiten entlang. Jedesmal kroch ich unter der Sonne durch zur nächsten Baracke. Am Ende des Weges kam ich wieder in den Schatten einer langen Barackenwand. Dort lief ich weiter. Und so lief ich immer fort im Schatten der Baracken.

Nach einiger Zeit kam ich wieder zu einem Übergang, aber ich konnte nicht mehr unter der Sonne durchkriechen, denn die Sonne schien auf den Weg. Es war ganz hell. Ich sprang durch das Sonnenlicht. Es schien mir in die Augen. Ich hörte einen Schrei und sah mich um.

Diese Baracken kannte ich gar nicht und auch die Nummern stimmten nicht. Eine Frau kam vorbei, und ich fragte sie nach unserer Baracke. Sie zeigte mir den Weg, aber ich mußte noch fünf weitere Leute fragen, bevor ich unsere Baracke erblickte. Ich ging hinein. Meine Mutter war vom Dienst zurück. Sie machte grade unser Bett. Sie fragte mich, ob ich alles schön erzählt hätte. Ich nickte und gab ihr die Schuhe. Sie schaute sie an und stellte sie unters Bett. Ich ging hinaus und lief zu den Kindern, die vor dem Eingang unserer Baracke standen. Als ich zu ihnen kam, waren sie einen Augenblick ganz still, aber dann redeten sie wieder weiter.

Trude kam. Sie fragte, wo meine Mutter sei und ich antwortete, sie sei in der Barakke. Sie rannte hinein. Bald darauf kam sie wieder heraus. Sie fragte, ob ich nicht gesagt hätte, daß Mutter sofort zur Krankenbaracke kommen müsse. Ich sagte, das hätte ich vergessen. Mutter kam heraus und fragte, warum ich ihr die Botschaft nicht ausgerichtet hätte. Ich sagte, daß sie im Dienst war und daß ich mich verirrt hätte, und daß ich es außerdem vergessen hätte. Sie sagte, sie gehe gleich fort und ich solle bei der Baracke auf sie warten. Sie konnte nicht sagen, wann sie zurück sein werde. Ich wollte mit, aber sie sagte, das ginge nicht, mein Vater würde vielleicht sterben, und das sei nichts für kleine Kinder. Ich sagte, daß ich kein kleines Kind sei und daß es mein eigener Vater sei und daß ich wohl noch dabei sein dürfte, wenn er stürbe, und daß alle Kinder, die ich kannte, auch dabei gewesen wären, als ihr Vater starb. Meine Mutter fragte: „Wer denn?" und ich zeigte auf einen der Jungen, aber der sagte, sein Vater lebe noch. Zum Glück sagte ein anderer Junge, daß er dabei habe sein dürfen, und ein Mädchen sagte es auch. Es waren Bruder und Schwester, aber das erzählte ich Mutter nicht. Dann sagte Mutter: „Also gut, aber nur so lange es dauert, danach mußt du fort." Das versprach ich. Wir rannten zusammen zur Krankenbaracke. Ich lief voraus und zeigte ihr den kürzesten Weg, aber sie wollte den Weg nehmen, den sie kannte, um sich nicht zu verlaufen.

Der Doktor machte uns die Tür der Krankenbaracke auf. Er sagte: „Sind Sie endlich da. Sie haben Glück, daß Sie noch rechtzeitig gekommen sind." Ich sagte zu Mutter, sie sehe jetzt ja selbst, daß Vater noch da sei. Der Doktor zeigte auf ein entferntes Bett und ging selber auf die andere Seite. Mutter lief zu Vaters Bett. Er schlief. Sie legte die Hand auf seine Stirn und rief ihm leise seinen Namen ins Ohr. Aber er schlief weiter. Der Doktor kam herbei. Meine Mutter weinte und sagte: „Wäre ich bloß früher hiergewesen, dann hätte ich noch mit ihm sprechen können." Der Doktor fragte, warum sie so spät gekommen sei, und sie erzählte, daß ich nichts gesagt hätte. Der Doktor sagte, Trude hätte ganz früh morgens schon Bescheid gesagt, aber es hätte wohl nicht viel ausgemacht, denn mein Vater sei schon so hergebracht worden und habe die ganze Zeit über geschlafen und nichts sagen können. Aber jedenfalls sei er froh, daß Mutter noch rechtzeitig gekommen wäre. Mit dem Kopf nickte er zu mir und fragte Mutter: „Weiß er ...?" Mutter sagte, ich wisse, daß mein Vater vielleicht sterben werde und daß ich dabei sein möchte, weil er mein Vater war und weil ich von anderen Kindern gehört hatte, daß sie auch dabei sein durften, als ihr Vater starb. Ich sagte, davon sei nichts wahr, ich wolle einfach nur bei meinem Vater sein und bei Mutter, weil Vater gesagt hatte, daß ich gut für sie sorgen müsse.

Wir blieben an Vaters Bett stehen. Nach einer Weile ging Mutter kurz hinaus. Als sie fort war, seufzte Vater. Ich lief hinaus, um sie zu holen, aber als wir wieder bei ihm waren, schlief er ganz ruhig.

Mutter fühlte seinen Puls und zählte. Vater drehte sich auf die Seite. Mutter flüsterte seinen Namen und sagte, daß wir bei ihm seien. Ich sagte, daß er ja nichts höre, aber sie sagte „doch".

Der Doktor kam näher und Mutter ging auf ihn zu. Sie blieben am Fußende des Bettes stehen und redeten. Mutter wollte, daß er Vater einer Spritze gebe, damit ihm besser werde. Aber er sagte, das würde nicht helfen, er habe auch keine Medizin. Mutter sagte, sie wisse, daß er noch etwas habe und sagte, sie würde alles dafür geben, wenn der Doktor meinem Vater eine Spritze mache. Der Doktor sagte, es habe keinen Sinn, meinem Vater nur *eine* Injektion zu geben. Er müßte dann schon eine ganze Menge bekommen. Und er habe nicht genügend. Außerdem müßte mein Vater dann nach ein paar Tagen wieder aus der Krankenbaracke zur Arbeit. Und dann würde er zwei Tage später doch wieder zurückkommen. Falls er überhaupt noch mal zurückkäme. Jetzt schliefe er wenigstens ruhig und würde, ohne etwas zu merken, ruhig hinüberschlafen. Es gab doch so wenig Medizin. Die müsse der Doktor aufheben für Patienten, die nicht so ruhig schliefen, sondern Schmerzen hätten und noch lange nicht starben. So redeten und redeten sie immer fort.

Ich stand neben Vaters Bett. Sein Kopf sah aus den Decken hervor. Er lag auf der Seite, mit dem Gesicht zu mir. Sein Bart war wieder ein bißchen gewachsen. Unsere Gesichter waren dicht beieinander. Ich hielt meinen Kopf schief, damit ich ihm gerade ins Gesicht sehen konnte. Es war wirklich mein Vater. Ich erkannte seine geschlossenen Augenlider, die Nase, den Mund und die Ohren. Seine Wangen waren mager, ähnelten aber dennoch den Wangen, wie ich sie von meinem Vater kannte, morgens früh im Bett; mein Vater, der mich auf dem Schoß hielt; der mich auf seinen Knien reiten ließ. Aber ich traute mich nicht zu nah an sein Gesicht, denn er war krank. Ich horchte, ob ich ihn atmen hören konnte. Er atmete so leise, und meine Mutter und der Doktor machten solchen Lärm, daß ich nichts hören konnte. Ich sah nur, daß sich die Decke ein wenig bewegte.

Auf einmal drehte er sich auf den Rükken. Er schluckte. Er seufzte tief und machte die Augen auf. Er blickte erstaunt, aber der Doktor hatte gesagt, daß man ihn schlafend hereingebracht hatte. Er begriff wohl nicht, wo er jetzt war. Aber dann geschah etwas Seltsames: er bekam den Mund nicht mehr zu. Er wollte zwar etwas sagen, aber es ging nicht. Man hörte seinen Atem, aber es kam kein Wort.

Ich drehte mich um und lief zum Fußende des Bettes. Der Doktor stand mit dem Rücken zu mir. Ich hörte Mutters Stimme von der anderen Seite, aber ich konnte sie nicht sehen. Ich stieß ihn zur Seite und zog an Mutters Kleidern, weil sie mir nicht zuhören wollte. Ich schrie, mein Vater wolle etwas sagen, aber es ging nicht, weil er den Mund nicht zukriegte, und daß sie ihm helfen müsse.

Der Doktor drehte sich um und sagte: „Es ist vorbei." Mutter weinte und lief zu Vater. Sie legte die Hände um seine Wangen und gab ihm einen Kuß auf die Stirn.

Ich sagte, das sei doch gefährlich, aber sie sagte, ich müßte jetzt weg, weil es zu Ende sei und weil ich versprochen hatte, dann fortzugehen. Der Doktor kam näher und strich über Vaters Gesicht. Ich fragte, warum er das getan habe, und Mutter sagte, das sei, um die Augen zu schließen. Ich schaute nach Vaters Augen. Jetzt waren sie zu. „Geh du nun hinaus, wie du versprochen hast", sagte Mutter. Ich nickte und schickte mich an, vom Kopfende wegzugehen.

Beim Umdrehen hatte Vater das weiße Laken verschoben und die Hand neben das Laken gelegt. Mutter und der Doktor standen bei seinem Kopf. Langsam ging ich dicht am Bett entlang und hob meine Hand. Meine Hand glitt über das weiße Laken, den Ärmel von Vaters Schlafanzugjacke und kam zu seiner Hand. Sie war kalt. Ich ließ meine Hand über seine gleiten. Der Doktor und Mutter kehrten mir den Rücken zu. Ich gab ihm schnell einen Kuß auf die Hand. Dann lief ich hinaus. Draußen wischte ich mir rasch die Lippen mit dem Arm ab. Ich setzte mich auf die Stufen vor der Tür und wartete.

Ich hatte schon eine ganze Weile gewartet. Mir war kalt. Trude kam und fragte, warum ich draußen in der Kälte sitze. Ich erzählte ihr, daß ich dabei hätte sein dürfen, als mein Vater starb, ich hätte aber versprechen müssen, danach fortzugehen, und deshalb säße ich jetzt hier draußen. Sie nahm mich mit hinein und sagte zu meiner Mutter, daß sie mich draußen in der Kälte gefunden habe und daß ich da sehr krank werden könne. Sie fragte, ob Mutter verrückt geworden sei. Mutter sagte, ich hätte zur Baracke gehen sollen. Ich sagte, daß sie davon nichts gesagt habe.

Mein Vater lag unter einem Laken. Ich wollte ihn Trude zeigen, aber das durfte ich nicht. Danach mußte ich noch eine ganze Weile auf der anderen Barackenseite warten und durfte nicht hinschauen, was sie taten.

Wir gingen zu unserer Baracke. Es war dunkel, und die meisten Leute in der Baracke schliefen schon. Einige Leute flüsterten meiner Mutter etwas zu, und sie flüsterte zurück. Im Bett fing ich an zu weinen. Mutter fragte, ob ich weine, weil Vater tot sei. Ich sagte, ja, deswegen, aber auch, weil ich große Angst hätte, selber zu sterben. Sie sagte, daß ich doch nicht sterben müsse und daß Trude mir nur Angst gemacht habe mit ihrem Gerede über das Krankwerden. Ich sagte, darum gehe es nicht, sondern, weil ich Vater einen Handkuß gegeben hätte, und deshalb sicher sterben müsse und daß Mutter wohl auch sterben werde, weil sie Vaters Stirn geküßt habe, was noch schlimmer sei. Mutter drückte mich an sich und küßte mich und sagte, daß ich von dem Kuß auf Vaters Hand gewiß nicht sterben müsse und davon auch nicht krank würde und das gelte auch für sie. Ich sagte, sie habe selber gesagt, daß ich niemand im Lager einen Kuß geben dürfe, weil es zu gefährlich sei. Sie küßte mich nochmals und sagte: „Wir geben einander doch auch oft einen Kuß. Das ist nicht schlimm, denn wir sind eine Familie. Aber du darfst das nie mit Fremden tun, und du darfst dich auch nie von einem Fremden küssen lassen. Und schon gar nicht darfst du jemand einen Kuß auf den Mund geben, denn das ist wirklich gefährlich. Aber auf Papis Hand oder Stirn, davon werden wir gewiß nicht krank."

Ich war sehr müde. Ich kroch unter die Decke, und meine Mutter blieb bei mir.

Tropenhaus

Am nächsten Tag durfte ich mit den größeren Kindern gehen, weil mein Vater tot war und ich dabei gewesen war. Ich war kein kleines Kind mehr. Ich mußte aber versprechen, daß ich nicht petzen und daß ich noch eine Probe ablegen werde. Sie wußten noch nicht, was für eine. Wir liefen über das Gelände. Wir begegneten den Kleinen und die fragten, ob ich nicht bei ihnen bleiben wolle. Aber ich sagte, ich hätte es eilig und, übrigens sei ich kein kleines Kind mehr und ob sie nicht wüßten, daß mein Vater tot sei.

Wir liefen weiter. Zwei große Jungen hielten sich neben mir, jeder an einer Seite. Und vor uns und hinter uns kamen noch andere, auch ein paar Mädchen. Ich war wohl der Kleinste, aber das kam daher, weil meine Mutter ziemlich klein war und weil mein Vater auch nicht sehr groß gewesen war. Wir kamen zum Tropenhaus. Einer der großen Jungen fragte, ob ich mich hineintraue. Er sagte, das sei eigentlich verboten, es sei auch gefährlich. Ich fragte, warum, aber das konnte er nicht sagen. Ein anderer Junge sagte, ich hätte versprochen, noch eine Probe abzulegen und das sei nun die Probe. Ich müsse hineingehen und drinbleiben, bis sie mich wieder herausriefen. Ich sagte, das wolle ich schon tun, aber ich wisse ja nicht, was in dem Tropenhaus drin sei. Ich fragte, ob sie alle auch schon einmal dringewesen waren, und sie sagten: „Ja, natürlich." Ich sagte, ich würde hineingehen, wenn jemand mitkomme. Und wenn ich es nicht zu gruselig fände, dann würde ich auch allein drinbleiben, bis sie mich riefen. Erst wollte niemand mit. Aber ich sagte, wenn sie es schon kannten, brauchten sie doch keine Angst mehr zu haben. Ein paar Kinder flüsterten sich etwas zu.

Mir war kalt geworden, denn wir standen schon eine ganze Weile still. Meine Füße waren längst kalt vom Schnee und jetzt wurde mir auch am Körper immer kälter. Ich streckte die Arme aus und schlug sie um den Leib. Gleichzeitig stampfte ich mit den Füßen. Einer der großen Jungen tat es mir nach. Dann sagte er: „Gut, ich gehe mit."

Die anderen Kinder liefen ein Stückchen weg. Der Junge drückte vorsichtig den Türgriff nach unten. Es war eine graue Eisentür, die schwer aufging. Drinnen war es dunkel. Der Junge hielt sich die Nase mit Daumen und Zeigefinger zu und winkte mir. Die Schwelle war hoch. Ich stieg drüber. Drinnen war nichts zu sehen, alles war schwarz. Der Junge lehnte die Tür an und lief, mit einer Hand an der Wand entlang streichend, vor mir her. Er öffnete eine Holztür und sagte, ich solle mitkommen. Es klang ganz komisch mit der zugehaltenen Nase. Viel sah ich nicht. Weiße Gegenstände lagen auf dem Boden und auf einem Stapel an der dunklen Wand. In der Mitte war auch ein Stapel, aus dem man von allen Seiten etwas herausragen sah.

Andere Kinder waren hinter uns hergekommen. Die meisten hielten sich die Nase zu. Ein Mädchen sagte zu mir: „Sieh mal, da liegt dein Vater, er hat nicht mal ein Laken."

Da sah ich die toten Menschen. Es waren Lakenbündel. Aus einigen ragten Gliedmaßen heraus. Auch bloße Menschenleiber lagen da. Manche hatten noch eine Hose an. Sie lagen unordentlich hingeworfen kreuz und quer durcheinander. Einer lag rücklings auf dem Stapel mit herunterhängendem Kopf. Ich schaute sein Gesicht an. Große dunkle Augen. Die Arme hingen herunter. Er war sehr mager. Ein anderer lag mit dem Kopf zur Seite auf einem ausgestreckten Arm. Der andere Arm fehlte. Es lagen auch einzelne Arme und Beine herum. Hinter mir hörte ich ein Klicken. Ich schaute mich um und sah, daß die Kinder fortgegangen waren oder sich im Dunkel versteckt hatten. Die Außentür war zu. Ich drehte mich wieder zu den Körpern um. Ich versuchte meinen Vater zu finden. Ich drehte meinen Kopf in alle Richtungen, zur Seite, kopfüber, damit ich gerade in die schief und schräg daliegenden Gesichter schauen konnte. Aber sie sahen einander alle so furchtbar ähnlich. Und es war auch sehr wenig Licht. Gleich vor mir lag ein Lakenbündel oben auf einem Stapel. Man sah, daß ein Körper darin steckte. Sollte das mein Vater sein? Dicht vor mir auf dem Boden lag ein nackter Körper auf dem Bauch. Der Kopf war zur Seite gewandt. Sollte das mein Vater sein? Kahl waren sie alle. Mein Vater war gar nicht hier. Er lag wohl noch in der Krankenbaracke. Und später würde man ihn begraben. Ich sah die Körper noch einmal genau an. Sie sahen grau aus. Die schmutzigen Laken stachen weiß von ihnen ab. Ich lief zurück und machte die hölzerne Zwischentür hinter mir zu. Ich kam zur Außentür. Es war keine Klinke zum Aufmachen dran. Ich schlug gegen die Tür, aber es nützte nichts. Daußen hörte ich die Kinder.

Ich ging zurück zur anderen Tür und öffnete sie wieder. Ich ging hinein und stieg über die vordersten Körper hinweg. Ich kletterte auf den Stapel und schaute in das oberste Lakenbündel. Ich sah nur einen Arm. Ich fing an, das Laken aufzuwickeln. Draußen hörte ich sie schreien. Ich zog den Arm heraus. Die Hand ähnelte der meines Vaters. Ich zerrte am Laken, bis ich den Kopf sehen konnte. Der Kopf war schwarz vom Bart. Ich stieg vom Stapel hinunter und sah an der Seite einen Körper. Es fiel kaum Licht darauf. Ich schaute nach dem Gesicht. Die Augen waren schwarz. Die Wangen mager. Der Bart kurz wie bei meinem Vater. Die Nase war auch ähnlich. Ich sah noch nach den Händen. Sie ähnelten denen meines Vaters.

Aber der Körper ähnelte überhaupt nicht dem Körper meines Vaters.

Jemand faßte mich an und zog mich mit. „Bist du verrückt geworden? Willst du sterben? Das ist sehr gefährlich. Komm mit. Wir rufen schon seit Stunden, daß du herauskommen sollst." Ich sagte, daß ich nach meinem Vater suchte und daß ich die Tür ja doch nicht aufgekriegt hätte. „Dein Vater ist nicht hier", sagte der Junge. Er zog mich mit hinaus, warf die Tür zu und sagte, daß ich wegrennen solle.

Ein Stück weiter trafen wir die anderen Kinder. Eines der Mädchen sagte: „Dein Vater hat nicht einmal ein Laken." Ich sagte, daß er doch in einem Laken wäre und daß ich es selbst gesehen hätte. Sie sagte, sie habe es auch selbst gesehen und es sei nicht wahr. Der Junge, der mich mitgenommen hatte, sagte, mein Vater liege gar nicht dort, aber als die anderen hu-u riefen und sagten, er habe wohl Angst bekommen, sagte er, das habe er bloß gesagt, weil ich noch so klein sei. Ich sagte, ich sei groß und wisse sehr gut, daß mein Vater dort liege und daß ich ihn in einem Laken gesehen hätte und daß ich ihn jedem zeigen könne, der ihn sehen wolle. Aber niemand wollte.

Das Mädchen sagte: „Wenn du alles so genau weißt, dann sag doch mal, was sie mit den Leichen machen." Ich sagte, das wüßte ich wohl, aber ich würde es nicht erzählen, denn ich hätte getan, was ich sollte, und jetzt sei die Probe zu Ende. Und wenn sie es wissen wolle, so würde ich ihr es erzählen, wenn sie mit hineinkomme. Aber das wollte sie nicht, und die Kinder riefen ihr hu-u zu. Danach liefen wir weiter, und ich durfte bei den Großen bleiben.

Abends fragte Mutter, was ich tagsüber getan hätte. Ich erzählte ihr, daß ich mit den großen Kindern gegangen war. Sie fragte, ob das so einfach ginge, und ich sagte, das ginge, weil ich eine Probe bestanden hätte. Ich sei im Tropenhaus gewesen. Sie fragte, was das Tropenhaus sei. Ich sagte, das wisse sie wohl, sie wisse sehr wohl, daß dort die Leichen lägen, und sie wisse auch sehr gut, daß man meinen Vater zu den Leichen geworfen hätte, und ebensogut wisse sie auch, daß er nicht einmal ein Laken habe, und ich hätte den anderen Kindern gesagt, er habe eins gehabt, wo ich ihn doch selbst gesehen hatte, ohne Laken. Und ich schrie, daß sie wohl verrückt sei, ihn so ohne Laken dort hinwerfen zu lassen, und daß sie mir nicht einmal erzählt habe, daß er aus der Krankenbaracke fort sei, und daß ich dann doch wohl erst einmal Abschied hätte nehmen dürfen, und daß ich es gemein fand, und daß es ihre Schuld sei, daß er so nackt bei den Leichen lag.

Mutter sagte immer nur „nein", und „das ist nicht wahr", aber ich hörte nicht auf sie und sagte, daß sie meinetwegen nicht zu lügen brauche, weil ich alles selbst gesehen hätte. Ich mußte schrecklich weinen.

Mutter sagte, es heiße nicht Tropenhaus, sondern Totenhaus. Aber mir war das egal. Sie sagte auch, daß die Körper der toten Menschen dorthin gebracht wurden, weil die Betten in der Krankenbaracke für andere Kranke gebraucht wurden. Und jeden Tag kämen Männer, um die Körper fortzubringen und sie etwas abseits im Wald zu begraben. Aber zufällig seien sie an dem Tag nicht dagewesen. Und sie sagte auch, daß mein Vater doch in einem Laken läge, daß ich ihn aber nicht gesehen haben konnte, denn alle Laken sähen gleich aus, und nach ihm seien noch so viele andere

Leute gestorben, die alle auf dem Stapel lägen. Er liege ganz unten.

Mutter drückte mich an sich, sie streichelte und küßte mich. Dann fing sie auch an zu weinen und sagte, daß es für sie auch gar nicht schön sei.

Später fragte sie, wer mir gesagt habe, ich solle ins Totenhaus nachschauen gehen. Ich sagte, daß einer der großen Jungen mich herausgeholt habe und daß er gesagt habe, das sei gefährlich. Mutter fragte, ob ich etwas angefaßt hätte und ich erzählte ihr, ich hätte nach Vater gesucht. Sie nahm mich mit. Sie gab ein Desinfektionsmittel in eine Schüssel Wasser und wusch mich ganz ab. Es stank. Sie sagte, daß ich so etwas nie wieder tun dürfe. Sie fragte, wer mich ins Totenhaus geschickt hätte. Ich sagte, daß ich kein kleines Kind mehr sei und versprochen hätte, nicht mehr zu petzen, und daß ich nichts erzählen werde. Dann fragte Mutter, wer der Junge sei, der mich herausgeholt habe. Ich wußte nur, daß er Jaap hieß. Sie nahm mich mit. Von Jaap hörte sie, wer die anderen gewesen waren. Mutter erzählte einigen anderen Müttern, was passiert war. Sie fragten, ob sie mich auch gut desinfiziert hätte. Sie gingen sofort die eigenen Kinder desinfizieren. Sie waren alle sehr böse, daß die Tür vom Totenhaus so leicht geöffnet werden konnte. Sie sagten, es sei eine Schande und es müsse sofort ein Schloß daran gemacht werden.

Am Tag darauf stanken alle Kinder nach Desinfektionsmittel. Eines der Kinder schlug vor, wieder zum Tropenhaus zu gehen. Ich sagte, es heiße nicht Tropenhaus sondern Totenhaus, und es sei abgeschlossen, und die Körper wären ohnehin schon alle abgeholt worden.

Wir liefen hin. Es war keine Klinke mehr an der Tür.

4

SUPPE

Meine Mutter weckte mich auf. Es war dunkel. Wenn wir mitwollten nach Palästina, dann müßten wir innerhalb von zwei Minuten am Zaun sein, um zu dem Zug zu gehen. Die Menschen rannten aus der Baracke. Ich mußte mir die Schuhe anziehen und den Mantel über meinem Schlafanzug zumachen. Mutter legte unserer Kleider auf einen Haufen zu den Sachen, die sie immer auf einem Tuch bereitliegen hatte. Sie band das Tuch halb zu und zog den Knoten während des Laufens fester an. Es waren noch Leute in der Baracke, als wir hinausgingen, aber es war so dunkel, daß ich nicht sehen konnte, ob es viele waren.

Das Zauntor stand offen und wir sahen vor uns die Leute hinauslaufen. Wir liefen hinterher. Es war kalt.

Im Zug war es voll und dunkel. Die Menschen halfen uns einsteigen. In diesem Zug gab es Bänke zum Sitzen.

Ich fragte Mutter, warum dieser Zug nicht so rumpelte, während wir abfuhren. Sie sagte, das wisse sie nicht. Ich solle schlafen.

Ich wurde wach und hörte Leute reden, aber es war doch still. Es war hell. Ich machte die Augen auf und sah durch das Fenster auf Wolkenbilder. Sie stachen weiß ab gegen den blauen Himmel. Ich setzte mich auf. Das Gras draußen stand still. Ich sagte zu Mutter, daß der Zug halte. Sie sagte: „So, hast du ausgeschlafen?“ Sie erzählte, daß der Zug schon länger als einen Tag stillstand. „Hast du nichts davon gemerkt?“ fragte sie mich. Ich schüttelte den Kopf und schaute zu den Leuten neben mir und uns gegenüber auf den Bänken. Ein paar Menschen schliefen im Sitzen. Mutter sagte: „Sag mal Dankeschön zu Frau P. neben dir. Sie war so lieb, deine Beine auf ihrem Schoß zu halten.

Ich blickte zu der Frau, auf die meine

Mutter zeigte. Ich sagte leise Dankeschön. Sie sagte: „Du hast aber fest geschlafen. Deine Mutter hat einen ganz steifen Arm bekommen. Jetzt können wir wenigstens mal wieder aufstehen." Ich saß auf Mutters Schoß. Ich rückte ein wenig von Frau P. ab, damit sie aufstehen könne. Aber sie blieb sitzen. Meine Mutter fragte, ob sie mal kurz aufstehen könne. Sie stellte mich auf den Boden, hielt mich aber gut fest. Als sie aufgestanden war, ließ sie mich auf ihren Platz sitzen. Sie drängte sich an den Beinen vorbei zum Mittelgang. Dort hielt sie sich fest und blieb stehen. Ab und zu machte sie ein paar Schritte oder bewegte die Arme abwechselnd auf und ab. Ich fragte, ob ihr kalt sei. Sie sagte: „Ich habe wohl ein bißchen kalte Beine, aber sie sind vor allem steif vom langen Sitzen." Ich sah hinaus, auf das Gras, die Wolken und den Himmel. Dann sah ich wieder zu Mutter hin. Ich fragte, ob wir noch lang mit dem Zug fahren müßten bis Palästina. Die Menschen gegenüber schauten mich und dann meine Mutter an. Sie sagte: „Ich weiß es nicht; wir wissen nicht, wo wir sind." Ich wollte grade fragen, ob mein Vater es auch nicht wisse, als mir plötzlich wieder einfiel, daß er tot war. Ich änderte den Satz ab, damit sie nicht merkte, daß ich es vergessen hatte und fragte, warum der Zug anhalte.

Meine Mutter sagte, daß sie es auch nicht wisse. Eine Dame sagte, daß wir vielleicht zurück müßten. Ich fragte Mutter, ob wir schon weit weg seien von Bergen-Belsen. Sie sagte: „Ich glaube, sehr weit, aber Genaues wissen wir nicht, denn der Zug fuhr immer wieder in eine andere Richtung, einmal einen Tag lang nach Osten, dann stand er wieder stundenlang, dann ging es wieder tagelang nach Norden."

Ich sah sie an und sagte, daß wir doch erst vergangene Nacht in den Zug gestiegen wären. Mutter kam zu mir. Ich mußte aufstehen, und sie nahm mich wieder auf ihren Schoß. Ich mußte mich mit dem Gesicht zu ihr gekehrt hinsetzen. Sie legte die Arme um meinen Rücken und hielt mich fest. Ich schaute auf ihren Mund. „Du weißt doch wohl, daß wir schon seit fast zwei Wochen im Zug sitzen? Daß der Zug immer anhielt und daß wir dann weiterfuhren oder zurückfuhren? Du erinnerst dich doch sicher noch, daß du ab und zu wach wurdest. Du hast auch Pipi gemacht, auf dem Topf, weißt du nicht mehr? Und du hättest solchen Hunger, hast du gesagt. Das weißt du doch sicher noch? Und daß ich dir geholfen habe, deinen Mantel auszuziehen, weil es so warm war im Zug, als wir den ganzen Tag in der Sonne standen? Und später wurde dir dann wieder kalt, weißt du nicht, als du den Mantel über deinen Schlafanzug anziehen wolltest. Daran erinnerst du dich doch?" Ich hörte sie sprechen und merkte, daß es sehr arg wäre, wenn ich es nicht wüßte. Ich streichelte ihre Wange und sagte, sie habe das wahrscheinlich wohl alles geträumt, aber das mache nichts, denn wir säßen ja nun wieder zusammen im Zug.

Die Dame, bei der ich die Füße hatte hochlegen dürfen, setzte sich ein wenig gerader hin und begann, etwas zu sagen. Meine Mutter ließ mich los und berührte sie kurz, darauf wurde sie still und lehnte sich wieder zurück. Meine Mutter zog mich noch enger an sich und streichelte mir über den Kopf. „Dein Haar beginnt schon wieder kräftig zu wachsen", sagte sie. „Das Kahlscheren hat doch gut geholfen, du hast überhaupt keine Läuse mehr."

Und sie sagte noch einmal alles her, was sie geträumt hatte. Ich merkte, wie lästig sie das Ganze fand.

Das meiste hatte sie schon mehrmals erzählt. Aber dann sagte sie auch: „Du weißt sicher noch, daß ich dich einmal allein lassen wollte, als ich aufs Klo mußte und daß du mich nicht gehen lassen wolltest und geweint hast?“ Darüber hatte sie vorher noch nichts erzählt. Darum sagte ich halt, daß ich mich auf einmal daran erinnern konnte. „Und daß du Hunger hattest?“ Ich sagte zögernd, daß ich mich auch daran zu erinnern beginne, aber daß ich ja so tief geschlafen hätte und es nicht mehr so genau wisse. Meine Mutter sagte, daß sie das gut verstehe. „Siehst du wohl, daß du es noch gut weißt“, sagte sie und drückte mich an sich.

Danach durfte ich aufstehen und in den Mittelgang gehen. Richtig herumlaufen konnte ich nicht im Mittelgang, denn überall saßen und lagen Menschen.

Ich schaute durch das Fenster zur anderen Seite hinaus. Wir standen nahe an Bäumen. Jemand kletterte langsam zwischen den Bäumen den Hang hinauf, fort vom Zug. Ich zeigte mit dem Finger nach draußen und drehte mich zu Mutter um. Meine Mutter schaute auch auf den Mann. Die Leute sagten: „Er läuft davon“; „Wir dürfen hinaus“; „Der Mann dort ist sicher verrückt geworden“; „Sie werden ihn totschießen“.

Noch mehr Leute kletterten den Hang hinauf und draußen hörte man rufen und mit den Türen schlagen. Jemand rief: „Die Tür ist offen.“ Die Menschen waren aufgestanden, und ich konnte nichts mehr sehen. Meine Mutter rief nach mir. Ich hörte sie näher kommen. Ich wurde zu ihr hingeschubst, und sie packte mich fest am Arm und zog mich mit zu unserem Platz. Sie setzte sich wieder hin, und ich konnte mich neben sie auf die Bank setzen. Ein paar Leute waren noch sitzen geblieben, aber die meisten waren hinausgegangen. Ich fragte, ob wir nicht auch hinausgehen sollten. Mutter sagte, das gehe nicht. Ich sagte, daß ich es so sehr gern möchte und daß doch alle hinausgingen. Mutter blieb ein wenig mit geschlossenen Augen sitzen. Sie lehnte den Kopf an die Wand. Dann stand sie langsam auf und sagte, ich solle dort sitzenbleiben, bis sie zurückkomme. Sie lief zur Tür und ich hörte sie mit den Leuten draußen reden. Etwas später kam sie zurück. Sie sagte, daß ich mit Trude hinausdürfe, aber daß ich genau tun müsse, was Trude sagte. Das versprach ich, und Trude half mir vom Trittbrett herab. Sie hielt mich fest, und ich mußte von der untersten Sprosse auf den Schotter springen. Meine Mutter ging wieder hinein. Wir kletterten ein Stück in den Wald hinauf. Ich winkte meiner Mutter zu. Hinter allen Zugfenstern saßen noch Leute, aber die meisten waren doch draußen. Trude nahm mich an der Hand und sagte, daß ich etwas schneller laufen solle. Ich fragte, was wir vorhätten. Sie sagte: „Ein bißchen spazieren und etwas holen.“ Ich fragte, ob Mutter dann nicht mitmüsse. Sie sagte: „Laß sie nur ruhig im Zug sitzen, wir bringen ihr auch etwas mit.“ Wir liefen an den Waggons vorbei. Draußen, neben den Waggons, saßen und lagen Menschen. Manche waren in den Wald gegangen und hielten von dort Ausschau. Trude und ich krochen zwischen zwei Waggons unter der Kupplung hindurch über die Gleise. Ich fragte, ob das nicht gefährlich sei, wenn der Zug anfahre, aber Trude sagte, der Zug bleibe stehen, solange keine Lokomotive da sei. Ich sah mich um und merkte, daß an keinem der beiden Zugenden eine Lokomotive war.

Wir liefen über eine Wiese. An dieser Seite des Zuges waren viel weniger Leute.

Nach einer Weile sagte Trude, daß wir nun am Wasser seien. Ich sah andere Leute mit nassem Gesicht und nassen Händen, aber das Wasser sah ich nicht. Trude kauerte sich neben mich, ihren Kopf nah an dem meinen, und zeigte mit dem Finger und sagte: „Schau dort zwischen den Brennesseln durch, da ist das Wasser." Ich sah es. Es gab einen Pfad, auf dem die Menschen im Gänsemarsch zum Wasser liefen. Aber Trude trat die Brennesseln nieder und machte einen neuen Pfad für uns. Aus einem Tuch, das sie bei sich hatte, holte sie eine leere Flasche hervor, ließ sie mit Wasser vollaufen und stellte sie ins Gras. Danach wusch sie sich Gesicht und Hände und sagte, daß ich das auch tun solle. Ich machte zwar die Hände naß, aber mein Gesicht ließ ich trocken. Trude machte eine Ecke ihres Tuches naß und wischte mir Backen und Stirn ab. Dann fing sie an, Brennesseln zu pflücken. Sie sagte: „Hilf mal mit, dann geht es schneller." Sie brannten aber. Trude zeigte mir, wie man die Brennesseln von unten her anfassen konnte, ohne daß sie brannten. Ich konnte es nicht. Sie wickelte das Tuch um meine Hand. Wir spielten, wer am meisten pflücken konnte. Ich gewann, weil ich das Tuch umhatte. Dann band Trude das Tuch um die Brennesseln und nahm den Packen unter den Arm. Ich trug vorsichtig die Flasche.

Wir krochen wieder unter dem Zug durch und die Leute fragten, wie wir zu dem Wasser und den Nesseln gekommen wären. Trude sagte: „Gepflückt, dort ein Stück weiter." Wir liefen zu dem Waggon zurück, in dem meine Mutter saß.

Mutter sagte, sie sei froh, daß wir zurück wären. Trude fragte, ob sie einen Topf habe, aber den hatten wir natürlich nicht. Ich ging wieder mit Trude hinaus. Sie lief zu einem anderen Waggon, wo jemand neben dem Geleise ein Feuer angemacht hatte. Sie fragte, ob sie etwas kochen dürfe. Sie durfte. Es stand eine Art kleiner Topf daneben. Trude fragte weiter, ob sie den Topf benützen dürfe. Auch das durfte sie. Sie fragte, was darin gewesen war. Der Mann sagte „dasselbe“. Trude goß Wasser in den Topf. Sie hielt den Topf so nah wie möglich über das Feuer. Wenn er zu heiß wurde, trat sie etwas zurück oder nahm ihn in die andere Hand. Nach einiger Zeit begann das Wasser zu kochen. Sie stellte den Topf hin und tat Brennesseln hinein. Dann ließ sie es weiterkochen. Ab und zu tat sie Nesseln dazu. Danach brachten wir die Suppe zu meiner Mutter. Sie trank davon und sagte, daß es eine lekkere Gemüsesuppe sei. Ich trank auch ein bißchen, aber ich mochte die Nesseln nicht. Trude und Mutter tranken alles aus. Die übrigen Nesseln legte Trude mitsamt dem Tuch in das Gepäcknetz über meiner Mutter. Die Flasche mit Wasser stellte sie neben Mutter auf den Boden. Wir brachten den Topf zurück und blieben noch etwas am Feuer sitzen. Trude sagte: „Hier ist es besser als in dem stinkenden Zug.“

Plötzlich hörte ich schießen. Die Menschen schrien und kamen aus dem Wald zum Zug gerannt. Ich sagte zu Trude, daß wir in den Zug müßten, aber sie sagte:

„Nur ruhig, wir gehen gleich hinein, es hat gar keine Eile." Ich schaute am Zug entlang. Es saßen wohl noch Leute draußen, aber die meisten waren schon wieder eingestiegen. Ich schaute in der anderen Richtung am Zug entlang. Dort saß niemand mehr. Vor der Tür unseres Waggons standen viele Leute und warteten, manche standen schon auf dem Trittbrett. Kurz darauf stieg der letzte ein. Dann sah ich einen Soldaten. Er hatte sein Gewehr unterm Arm und schoß. Dabei ging er langsam weiter. Hinter ihm war niemand mehr. Er kam näher. Ich griff nach Trude und zerrte an ihr. Ich sagte, daß wir in den Zug steigen müßten, sonst werde der Soldat auf uns schießen. Sie stand langsam auf, nahm meine Hand und ging langsam zur Tür des Waggons, in dem meine Mutter saß. Trude sagte, daß es gar keine Eile habe, aber daß ich natürlich einsteigen könne, wenn ich Angst hätte.

An der Tür blieben wir stehen. Trude schaute auf den Soldaten. Er war jetzt ganz nah. Ich zog sie an der Hand, denn sie mußte mir auf die unterste Stufe heraufhelfen. Der Soldat blieb neben uns stehen. Trude sah ihn an. Er sah sie an. Ich schaute in das Loch des Gewehrs. Ich hörte Trude sagen, es sei nicht eilig. Er sagte: „Einsteigen." Trude sagte, es sei keine Kunst, Menschen mit einem Gewehr Angst zu machen. Er müsse mich mal anschauen. Und sie fragte, was für einen Sinn es denn habe, einzusteigen, wenn doch keine Lokomotive da sei. Er sagte: „Wenn du bloß eingestiegen bist, ehe ich zurück bin. Heute Nacht werden die Türen abgeschlossen." Er ging weiter. Das Gewehr schwenkte um uns herum. Ich hörte einen Knall. Ich versuchte aufs Trittbrett zu klettern, fiel aber hin. „Findest du das etwa lustig, du Feigling?" rief Trude. Der Soldat lachte. Vor ihm her drängten sich die Leute in den Zug hinein. Der Soldat schaute sich um, hob das Gewehr zum Wald empor und schoß. Er lachte nochmals. „Der Idiot", sagte Trude. Sie rief Mutter zu, es sei alles in Ordnung und daß wir noch ein wenig draußen blieben. Sie half mir wieder auf die Beine.

Wir setzten uns neben einen Baum und schauten von da über den Zug und die Wiese. Der Himmel war voller Farben, weil die Sonne unterging.

Der Soldat kam zurück und blieb vor

uns stehen. Er trug sein Gewehr über der Schulter und hielt den Daumen unter den Riemen. Er sagte: „Jetzt müßt ihr rein.“

Wir standen auf und gingen zur Tür. Trude blieb stehen. Sie sah ihn an und sagte: „Wo sind wir? Was wird nun geschehen?“ Er schaute sie an und sagte: „Wo ihr seid, darf ich nicht sagen; aber es ist aus.“ Meine Hand tat mir weh, weil Trude sie so fest drückte. Ich sah zu ihrem Gesicht auf. Dann hob sie mich empor und setzte mich in den Zug. Sie selbst stieg auch ein. Ehe sie die Tür zuzog, drehte sie sich zu dem Soldaten um und sagte: „Dreckiger Lügner.“ Er schloß die Tür ab und ging langsam weiter.

Trude sagte, ich dürfe nichts von dem Gespräch erzählen. Mutter wollte wissen, was passiert sei, aber Trude antwortete, der Soldat wolle den Leuten nur Angst machen. Von dem Streit sagte sie jedoch nichts.

Als es dunkel wurde, mußte ich schlafen. Mutter sagte, ich könne nicht zu ihr auf den Schoß kommen, da sie ständig aufstehen müsse, um aufs Klo zu gehen. Ich sollte mich in das Gepäcknetz über einer anderen Bank legen. Aber es war schwierig, hinaufzukommen. Als ich oben lag, hatte ich Angst, daß ich herausfallen könnte, wenn ich mich im Schlaf umdrehte. Mutter besprach dann mit den Leuten, daß ich mich zum Schlafen auf eine Bank legen dürfe. Jeder sollte abwechselnd auf der Bank schlafen. Ihren Anteil trete sie an mich ab.

Ich konnte nicht einschlafen und durfte wieder aufstehen. Es war dunkel. Ab und zu flogen Flugzeuge über uns hinweg. In der Ferne klangen Schüsse. Sonst hörte ich nur die schlafenden Menschen atmen.

Als die Bank wieder für mich zum Schlafen frei wurde, konnte ich doch nicht einschlafen. Aber das nächste Mal war ich sehr müde. Und im Dunkel war nichts zu sehen. Deshalb legte ich mich schlafen.

Soldaten

Man hatte mich auf der Bank liegen lassen, bis ich von selber aufwachte. Es war wieder hell. Der Zug stand noch mitten zwischen dem Wald und der Wiese. Durchs Fenster sah ich die Stelle, wo wir gekocht hatten. Ich lief zu meiner Mutter und wollte sie fragen, ob es jetzt der Morgen sei, der auf die Nacht folgte, in der ich eingeschlafen war. Mutter schlief. Trude saß bei ihr und sagte, daß meine Mutter sehr müde sei und daß ich sie nicht wecken solle. Ich setzte mich auf die Bank. Es war genügend Platz. Es waren jetzt viel weniger Leute in unserem Waggon. Ich fragte Trude, wo die Leute alle seien. Sie sagte, daß manche im Zug hin und her liefen und andere in den Krankenwaggon gegangen seien. Ich stellte mich ans Fenster und sah auf die Wiese. Ich hörte marschieren. Ich hörte Schritte auf dem Schotter. Aber ich sah nichts.

Das Geräusch kam näher. Ich drückte meine Nase an das Fenster, um besser sehen zu können. Von rechts kamen Soldaten in einer Reihe anmarschiert, hinter ihnen kamen mehr und immer mehr. Ich schrie Trude zu, daß Soldaten herankommen. Sie sagte, das wisse sie schon. Ich schrie, daß es gefährlich sei, denn es seien sehr viele. Sie stand auf und schaute zum Fenster hinaus. „Nein", sagte Trude. „Nein", sagte sie noch einmal. Ich rief, daß sie es ja selber sehen könne. Aus den anderen Waggons hörte man schreien. Trude faßte meine Mutter an und rüttelte sie kräftig. Jetzt schauten auch andere Leute hinaus. Die erste Reihe Soldaten lief vorüber. Sie sahen grade vor sich hin. Sie trugen ihre Gewehre über den Schultern. Beim Gehen streckten sie die Beine steif vor sich aus. Mutter drehte den Kopf zur Wand und sagte: „Laß mich doch." Trude fing an zu weinen. „Siehst du das?" fragte sie, „siehst du das? Das sind die Russen, wir sind frei, es ist vorüber." Sie drückte mich an sich. Andere Leute riefen jetzt auch, daß es die Russen und wir befreit seien. Ich fing auch an zu weinen. Ich sagte zu Trude, daß es nicht wahr sei und daß es gewöhnliche Soldaten seien, genau solche wie die im Lager und der Soldat, der uns am vorigen Tag in den Zug gejagt hatte. „Es sind die Russen, wir sind frei“, sagte Trude. Wieder rüttelte sie meine Mutter. Mutter blickte sie an. Dann sah sie zum Fenster hinaus und zog mich an sich. Sie drückte mich an sich und sagte „Gottseidank“. Und sie sagte auch, daß sie sich sehr krank fühle und daß sie wohl schnell in den Krankenwagen müsse, da wir sonst auch krank würden. Und daß ich bei Trude bleiben müsse und daß Trude gut für mich sorgen solle. Trude sagte, das werde sie tun, aber für meine Mutter sei es wohl besser, noch bei uns im Waggon zu bleiben, bis wir aus dem Zug dürften, denn es sei nicht gut, in den Krankenwaggon zu gehen und auch nicht notwendig.

Ich sagte, daß es gewöhnliche Soldaten seien und sie seien wohl alle verrückt geworden. Trude erklärte mir den Unterschied zwischen einem Deutschen und einem Russen. Man könne es an den Mützen sehen, an ihren Gesichtern und an ihren Stiefeln, aber ich sah keinen Unterschied. Ein wenig später kam wieder ein Trupp Soldaten vorüber. Trude zeigte mir, daß sie keine Gewehre hatten und keine Helme auf dem Kopf. Neben ihnen liefen andere

Soldaten her, mit Gewehren und Mützen. Das waren die Russen. Die anderen waren die gefangenen Deutschen. Ich schaute weiter hinaus. Hin und wieder rief ich nach Trude und fragte sie, ob der Soldat, auf den ich zeigte, ein Russe sei und der andere ein gefangener Deutscher. Schließlich erkannte ich es selbst.

Die Russen nahmen alle Deutschen mit. Überall längs den Schienen liefen Deutsche. Ich fragte Trude, ob die Russen die Deutschen totschießen würden. Sie sagte, das glaube sie nicht, obwohl sie es ihretwegen ruhig tun könnten. Ein anderes Kind stellte sich zu mir ans Fenster. Der Junge hatte einen Ast von einem Baum mitgebracht und tat, als sei es ein Gewehr. Er schoß auf die Deutschen. Ich fragte, ob ich auch schießen dürfe. Er wollte es nicht, aber Trude brach den Stock entzwei, und nun schossen wir beide die gefangenen Deutschen tot. Manchmal trafen wir aus Versehen auch ein bißchen einen Russen.

Im Zug war es sehr laut. Es wurde geschrien und geweint, und die Kinder schossen. Trude fragte, warum ich nicht mehr schießen wolle. Ich sagte, daß wir sie ja doch nicht wirklich totmachten. Dann setzte ich mich neben meine Mutter und streichelte ihre Hand. Sie schlief.

Von dort, wo ich saß, konnte ich die Köpfe der Soldaten vorbeiziehen sehen. Den Unterschied zwischen den Russen und den Deutschen kannte ich ja nun.

Es war immer noch viel Lärm im Zug. Und es wurde sehr warm. Die Sonne schien schon den ganzen Morgen auf den Zug. Die Fenster konnten nicht aufgemacht werden, und die Türen waren noch verschlossen. Aber es kamen nicht mehr so oft Soldaten vorbei. Und es waren fast nur noch Russen.

Man hörte das Pfeifen einer Lokomotive. Etwas später gab es einen Ruck und dann fuhren wir ab. Die Menschen jubelten.

Wir hielten an einem kleinen Bahnhof. Trude fragte, ob ich lesen könne, wie er heiße. Ich las das Wort Tröbitz. Sie sagte, daß ich mir das gut merken müsse.

Wir stiegen aus.

Meine Mutter wurde mit einem Karren in ein Krankenhaus gebracht.

Ich ging mit Trude. Wir mußten eine Weile Schlange stehen, aber nicht lang. Danach liefen wir mit anderen Leuten und ein paar russischen Soldaten zwischen den Häusern von Tröbitz weiter. Wir kamen an ein großes weißes Haus. Die Russen ließen die Türen öffnen. Danach mußten die Bewohner hinaus und wir durften hinein. Trude, ich und noch eine Frau, Eva, mußten auf den Dachboden, da wir am besten treppensteigen konnten. Dort stand ein großes Bett, in dem wir genügend Platz hatten. Eva ging kurze Zeit fort und kam mit Laken, Handtüchern und Seife zurück. Trude wusch mich und dann sich selbst ganz mit Wasser und Seife ab. Hinterher mußte ich schlafengehen. Es war schon wieder dunkel. Trude sagte, sie werde bei mir sitzen bleiben, bis ich eingeschlafen sei. Danach werde sie jedoch eine Weile fortgehen, hinunter und vielleicht auch nach draußen. Aber dann würde Eva unten bleiben.

Die Laken waren glatt und weiß und schön straff gespannt. Es lag eine hellblaue Decke darüber. Das Bett war groß, ich würde nicht rausfallen. Und es war weich und warm. Mein Kopf war in das Kissen versunken.

Trude machte die Vorhänge zu. Ein kleines Licht durfte anbleiben.

Unten hörte ich die Leute herumlaufen und lachen.

Trude setzte sich zu mir aufs Bett. Ich fragte sie, ob sie mir ihre Hand auf den Kopf legen wolle. Das tat meine Mutter immer, damit ich rascher einschlief.

Sie legte ihre Hand auf meinen Kopf und sagte leise: „Unsere erste Nacht in der Freiheit. Schlaf jetzt ganz schön."

Kartoffeln

Einige Tage nach unserer Ankunft in Tröbitz liefen Trude und ich durch die grauen Straßen zwischen den grauen Häusern. Die Häuser hatten kleine Fenster, ganz andere als zu Hause. Und Fensterläden. Es waren wenig Leute auf der Straße. Es war Zeit zum Mittagessen. Die Sonne schien. Mir war warm.

Wir kamen an ein Gattertor, das auf eine Wiese hinausging. Trude machte es auf – sie sagte, sie dürfe das; sie sagte, wir dürften alles, worauf wir Lust hätten – und schloß es hinter uns wieder zu.

„Dieser Weg zum Krankenhaus ist viel kürzer", sagte sie. Wir liefen durch das Gras. Ich mußte aufpassen, um nicht in Kuhfladen zu treten.

Wir kamen zu einem Bauernhof. Der Stall war als Krankenhaus eingerichtet. Da war viel mehr Platz als in der Krankenbaracke, in der mein Vater gelegen hatte. Hier gab es einen grauen Steinboden.

Wir gingen an den Betten entlang, um

meine Mutter zu suchen, aber wir sahen sie nicht. Wir gingen noch einmal zurück und Trude fragte eine Frau, die aufrecht im Bett saß, ob sie wisse, wo meine Mutter liege.

„Die? Oh, die schläft“, war die Antwort.

„Wo liegt sie denn?“ fragte Trude. „Wir wollen ihr ein paar Kartoffeln bringen, und das ist ihr Sohn.“

Die Frau wies mit ihrem Kopf zur Seite. Wir drehten uns um. In dem Bett lag jemand, der die Decke über sich gezogen hatte. Es war nur ein Haarschopf zu sehen. Rotes Haar. Mit vielen Locken. Wie das Haar meiner Mutter.

Trude lief zu ihr hin und hob die Decke ein wenig auf. Sie sagte leise zu meiner Mutter, daß wir es seien, daß wir gern mit ihr sprechen möchten und daß wir ihr etwas mitgebracht hätten. Ich ging auch zu dem Bett, aber Mutter zog die Decke wieder über ihren Kopf und blieb liegen. Sie sagte nichts.

Trude drehte sich zu der Frau um, die uns Bescheid gesagt hatte, und fragte sie, wie es Mutter gehe.

„Schlecht“, antwortete die Frau, „sie

will nichts essen, und sie ist sehr schwach. Und wenn sie mal etwas ißt, dann scheißt sie es gleich wieder aus. Oder sie kotzt es aus. Aber sie will auch keine Medizin einnehmen, was der Doktor auch sagt. Die Kartoffeln nehmt ihr am besten wieder mit."

Trude schaute auf Mutter und sagte wieder, wir seien da und hätten Kartoffeln für sie mitgebracht. Sie kam zu mir und zog mich ein Stück vom Bett fort, am Fußende vorbei. Sie sagte, ich dürfe nicht zu nahe kommen, denn meine Mutter sei sehr krank, und ich könnte am Ende auch krank werden.

Dann nahm sie die Tasche mit den Kartoffeln und ging zu der anderen Frau. Ich hörte sie sagen: „Dann nehmen Sie die nur. Es wäre schade, sie wieder mitzunehmen, wir haben ja genug. Und wenn sie die Kartoffeln nicht ißt, haben Sie wenigstens noch etwas davon."

Im Bett meiner Mutter ging die Decke hoch. Langes rotes lockiges Haar kam hinter der hochgehaltenen Decke hervor. Hinter der Decke fing ein Kreischen an.

„Nicht tun, das darfst du nicht tun. Das Luder gibt anderen selbst nie etwas ab, und da soll sie auch nichts haben. Gib die Kartoffeln her. Sie gehören mir. Gib nur her."

Trude lief zu Mutters Bett und sagte, daß sie die Kartoffeln nun schon hergegeben habe. Die Frau versteckte die Tasche unter ihrem Bett. Das Kreischen dauerte an.

„Warum bringst du das Kind hierher? Soll er auch krank werden? Jeder hier muß sterben, das weißt du doch."

Trude sagte, sie müsse tun, was der Doktor sage, sie solle lieber ihre Pillen schlucken, anstatt so zu schreien.

Sie ging fort und kam mit einem Becher Wasser zurück.

„Das ist kein Trinkwasser. Du willst mich wohl umbringen, was?" schrie es aus dem Bett. Trude nahm selber einen Schluck und stellte den Becher neben das Bett. Sie sagte, die Pillen müßten jetzt geschluckt werden.

Die Decke wurde auf deas Bett gelegt. Die Haare standen weiterhin nach allen Seiten ab. Sie hingen auch über das Gesicht.

„Wenn ich sterbe, ist es eure Schuld", kreischte die Stimme hinter den Haaren. Die Pillen verschwanden im Mund, den ich kaum sehen konnte, und das Wasser wurde ausgetrunken.

„Es sind meine Kartoffeln. Ich muß sie wiederhaben", schrie es.

Trude lief zu der Frau und redete kurz auf sie ein. Sie versprach, ihr neue Kartoffeln zu bringen. Die Frau zog die Schultern hoch und sagte: „Sie ist verrückt." Ich rief Trude zu, daß die Tasche unterm Bett liege. Sie packte sie und legte sie auf das andere Bett. Nach der Tasche wurde gegriffen, es wurde hineingeschaut. Dann verschwand eine Hand in der Tasche. Mit einer Kartoffel kam sie wieder heraus. Die Kartoffel wurde besehen. Die Tasche wurde aufs Bett ausgeleert. Die Hand mit der Kartoffel ging hoch und auf die Wand zu. Die Frau, die uns geholfen hatte, schrie „paß auf" und faßte nach ihrem Kissen. Die Kartoffel traf sie mitten im Gesicht. Trude schrie: „Bist du verrückt geworden?" Die Frau warf das Kissen zur Kartoffelwerferin und begann zu weinen. Die Kartoffeln flogen umher. Eine davon traf Trude. Sie rief, ich solle mich bücken oder fortlaufen. Bei jeder fliegenden Kartoffel kreischte es: „Ihr wollt mich umbringen;" „Ich werds euch zeigen;" „Die Drecksau, sie ist selbst verrückt."

Zwei Männer kamen gelaufen. Sie nahmen die übriggebliebenen Kartoffeln fort und zwangen meine Mutter, sich hinzulegen. Einer der Männer gab ihr eine Spritze. Sie hielten sie noch eine Weile fest. Dann legten sie die Decke über sie und brachten das Kissen zum anderen Bett zurück. Sie schickten uns fort.

Trude nahm mich bei der Hand und zog mich zum Bett. Mutter lag auf der Seite, mit dem Rücken zu der anderen Frau gekehrt. Wir gingen auf die Seite des Bettes, wo ihr Gesicht war. Die Pfleger hatten ihr das Haar nach hinten gestrichen. Jetzt erkannte ich das Gesicht meiner Mutter. Sie lachte ein wenig und sagte, daß sie froh sei, mich zu sehen; daß ich gut aussehe; und daß ich aufpassen müsse und nicht krank werden dürfe. Sie fing an zu weinen.

Trude zog die Decke noch etwas höher über ihre Schultern und sagte, daß sie gut für mich sorgen werde.

„Du mußt tun, was der Doktor sagt, dann bist du bald wieder bei uns", sagte sie.

Mutter fiel in Schlaf. Wir gingen fort.

Ein paar Tage später gingen wir draußen vor dem Dorf spazieren und pflückten Blumen für unser Zimmer. Sie waren weiß und gelb. Trude sagte, daß es Maßliebchen seien. Ich mußte sie ganz unten abpflükken, dicht am Gras, sonst war der Stiel so kurz, daß man sie nicht in ein Glas stellen konnte. Wir waren allein. Ich hörte nur ab und zu eine Kuh oder einen Vogel oder den Wind, der mir in die Ohren blies. Mir war warm.

Ich fragte Trude, ob wir nicht mal wieder Mutter besuchen könnten. Sie sagte: „Das geht nicht, der Weg ist versperrt." Ich sagte, letztes Mal habe sie doch auch einfach das Tor aufgemacht. Sie sagte: „Das geht jetzt nicht mehr." Ich sagte, es gebe ja noch einen anderen Weg, der durch das Dorf zum Krankenhaus führte und nicht über die Wiese. Wenn der Weg auch länger sein mochte, so könnten wir ihn trotzdem nehmen. Sie fing an zu weinen und sagte: „Ich habe doch gesagt, daß der Weg versperrt ist. Alle Wege sind abgesperrt. Dieser auch." Ich fragte, wie denn alle Wege abgesperrt sein könnten, wo wir doch grade noch herüberkommen konnten. Sie sagte: „Das ist nun einmal so." Sie hatte aufgehört zu weinen. „Ich werde dir später einmal erklären, warum."

Ich fragte, ob ich denn wieder zu meiner Mutter könnte, wenn die Absperrung wieder fort wäre. Sie sagte: „Später."

„Wollen wir noch ein paar Blumen pflücken?" fragte Trude.

Wir pflückten noch einen ordentlichen Blumenstrauß für unser Zimmer.

Die Schlachtung

Trude war hinaufgegangen, um unsere Blumen zu versorgen. Im Garten hinter unserem Haus liefen Männer hinter einem Schwein her. Sie versuchten, es einzufangen, aber es entwischte immer wieder. Sie riefen einander zu und klatschten in die Hände, um das Schwein zurückzuscheuchen. Das Tier schrie. Ein paar Frauen schrien zum Fenster heraus. Ich stand an der Tür. Zwei Männer bekamen das Schwein zu fassen. Der eine hielt es mit beiden Händen an den Ohren fest und der andere am Schwanz. Es schrie und quietschte. Die anderen Männer kamen näher an das Schwein heran. Einer der Männer hatte ein Messer in der Hand. Die Männer zogen das Schwein an den Füßen. Es fiel zu Boden. Der Mann mit dem Messer hob seinen Arm und rief, die anderen sollten beiseite gehen. Dann stach er mit einem kräftigen Stoß das Messer in das Schwein. Blut spritzte nach allen Seiten. Ein paar Männer wandten den Kopf ab.

Das Schreien wurde leiser. Der Mann stach nochmal und nochmal zu. Dann kam eine Frau herausgerannt. Sie hatte auch ein Messer in der Hand. Sie lief zu dem Schwein und fing an, ein Stück herauszuschneiden. Die Frauen am Fenster jubelten. Ein paar kamen auch mit Messern heraus und schnitten sich etwas ab. Sie trugen die Stücke hinein. Überall war Blut. Jemand sagte, es sei verboten, Schweinefleisch zu essen.

Eva kam heraus und fragte, warum es solchen Lärm gäbe. Sie schaute auf das Schwein und die Menschen, die sich vom Schwein etwas abschnitten. Sie nahm mich bei der Hand und zog mich mit sich hinein.

„Wo ist Trude? Was tust du hier allein bei den Verrückten?" fragte sie. Ich erzählte, daß wir Blumen gepflückt hätten und daß Trude hinaufgegangen sei, um sie auf unser Zimmer zu bringen. Eva lief mit mir durch den Gang, öffnete vorne die Haustür und führte mich hinaus. Vor dem Haus war es viel stiller, obwohl man das Geschrei aus dem Hintergarten noch hören konnte. Neben der Tür an der Mauer stand eine Bank. Dort setzten wir uns hin.

„Was passiert ist, muß sehr schlimm für dich sein“, sagte Eva. Ich sagte, damit würde ich schon fertig, denn ich sei doch kein kleines Kind mehr. Sie sagte: „Aber es ist doch sehr traurig für dich.“ Ich sagte, das Geschrei hätte ich wohl gräßlich gefunden. Ich erzählte, daß die Männer viel Mühe gehabt hätten, und daß sie mit Blut bespritzt seien und daß alles voller Blut von dem Schwein war. Eva fragte: „Findest du das denn schlimmer?“ Ich kickte mit dem Fuß in die Kieseln und schaute den Steinchen nach, wie sie davonflogen.

Sie fragte: „Weißt du nichts von deiner Mutter?“

Ich trat nochmals ein paar Kiesel fort und sagte, daß ich sehr gut wisse, daß der Weg versperrt sei. Sie sagte: „Ja.“ Ich schaute ihr auf den Mund. „Und das findest du doch sicherlich sehr schlimm, nicht wahr?“ Ich sagte, daß ich das natürlich unangenehm fände, aber später könne ich ja wieder zu meiner Mutter.

„Später? Wie meinst du das, später?“

Ich erzählte, Trude habe gesagt, daß der Weg jetzt versperrt sei, aber daß ich später wieder zu Mutter könne. Und daß ich das jetzt noch nicht verstünde, aber Trude werde mir das später erklären.

Eva stand auf und faßte mich bei der Hand. Sie zog mich mit ins Haus und die Treppen hinauf. Unterdessen sagte sie immer: „Hier scheinen alle verrückt geworden zu sein; später, später."

Wir kamen oben an und Eva riß unsere Zimmertür auf, ohne anzuklopfen. Trude würde sicher böse sein.

Trude hatte am Fenster gestanden und hinausgeschaut. Die Maßliebchen standen in drei Gläsern auf weißen Deckchen im Zimmer. Die Betten waren gemacht und die weißen Laken waren straff über den oberen Teil der Decke gezogen, etwas über die weißen Kissen. Durch die weiße Gardine schien gelbes Licht herein.

Eva schrie Trude an: „Bist du jetzt auch völlig verrückt geworden? Das Kind weiß nicht einmal, was mit seiner Mutter geschehen ist. Er glaubt, daß er später zu ihr könne. Was ist das für ein Wahnsinn?"

Trude sagte: „Schrei nicht so. Er weiß es schon. Er weiß es genau. Ich habe es ihm deutlich gesagt."

Eva sagte zu mir: „Was hat sie dir erzählt? Etwas von einem Weg, der versperrt ist?"

Ich nickte. Trude sagte: „Na siehst du." Eva sagte zu mir: „Und daß du später wieder zu deiner Mutter kannst?" Ich nickte. Sie schaute Trude an. Die sagte leise: „Ach, das kommt schon noch."

Eva hielt mich fest. Sie stellte sich vor mich hin. Dann hockte sie sich auf die Fersen nieder. Sie sagte: „Hör mal, Schatz, ich muß dir etwas ganz Schreckliches sagen." Ich blickte zu Trude, aber die sah zum Fenster hinaus. Ich schaute auf Evas Mund. „Sehr schlimm, hörst du, es ist ganz furchtbar." Sie sprach sehr langsam, als ob ich kein Niederländisch könnte, und sehr laut und deutlich.

„Du kannst nicht mehr zu deiner Mutter. Nie mehr. Deine Mutter ist tot."

Ich sagte, das sei Unsinn, Trude habe doch gesagt, daß der Weg bloß versperrt sei und daß ich später zu Mutter könne. Ich blickte zu Trude.

Eva sagte: „Sie ist tot. Du weißt was das bedeutet: Tot. Genau so tot wie dein Vater. Zu ihm kannst du auch nicht mehr. Begreifst du das?"

Ich sagte, daß Trude doch gesagt habe, ich könne später wieder zu ihr.

Eva sagte: „Frag jetzt Trude danach.

Trude, ist seine Mutter tot?" Sie fragte für mich.

Trude wandte den Kopf ein wenig zu uns hin, schaute aber weiter hinaus. Sehr leise sagte sie: „Ja."

„Und kann er später wieder zu seiner Mutter?" fragte Eva. Sie hatte mir eine Hand in den Nacken gelegt und drehte meinen Kopf in Trudes Richtung.

„Ach, das habe ich anders gemeint", sagte Trude.

„Kann er je wieder zu ihr?" schrie Eva. Trude schaute sie und mich an. Sie drehte sich um und ließ die Gardine los. Die Gardine fiel wieder vor das Fenster.

„Nein", sagte sie, „das geht nicht mehr. Deine Mutter ist tot."

Eva stand auf. Sie sagte: „Das ist schrecklich für dich, aber du mußt es doch wissen."

Ich nickte. Vor mir stand ein Tisch. Auf der Tischdecke stand ein Glas mit Blumen. Ich packte das Glas und schmiß es zu Boden. Ich trampelte auf den Blumen herum und zerrte das Tischtuch vom Tisch. Ich schlug damit nach dem Glas. Ich warf den Tisch um und trat dagegen. Ich schrie Trude an, sie sei ein böses Weib und ich sei kein kleines Kind mehr. Ich zitterte und fing an zu weinen. Ich sagte, daß es Scheißblumen seien und daß Trude sicherlich selber den Weg versperrt habe und daß sie Mutters Kartoffeln hergegeben habe, und Pillen habe sie ihr gegeben und schlechtes Wasser, und es sei ihre Schuld, wenn Mutter jetzt tot war und ihre Schuld, daß ich jetzt nicht mehr zu ihr konnte. Mir war heiß. Ich versuchte noch mehr zu sagen, aber es ging nicht. Ich fiel hin. Ich merkte, daß Eva mich auffing. Zusammen mit Trude legte sie mich aufs Bett. Trude solle weggehen, rief ich, sie solle mich in Ruhe lassen, sie hätte mich angelogen und ich würde ihr nie wieder etwas glauben. Trude ging ein wenig beiseite, aber sie blieb im Zimmer. Ich konnte nun nicht mehr sprechen. Eva zog mich aus und steckte mich ins Bett.

Sie gab mir einen Kuß auf die Stirn.

Mir brannte die Haut, aber ich konnte die Decke nicht von mir wegschieben.

„Er hat Fieber. Wir müssen den Doktor holen", sagte Eva noch.

„Trude, komm, er ist aus dem Bett gefallen.“

Ich wurde aufgehoben und ins Bett gelegt. Ich fühlte eine Hand auf meiner Stirn.

„Es ist weniger geworden.“ Ich machte die Augen auf. Es war so hell, daß ich sie rasch wieder zumachte.

Sie riefen meinen Namen. Ich versuchte, die Augen wieder aufzumachen. Ich wollte mir gegen das Licht die Hand vor die Augen halten. Aber ich konnte meine Hand nicht bewegen. Ich wollte sagen, daß es so hell sei, und ich wollte fragen, warum sie mich nicht früher geweckt hatten, aber es ging nicht.

„Er sagt etwas, kannst du ihn verstehen?“

Sie riefen wieder meinen Namen. Ich nickte.

„Er hat verstanden. Oh, Trude, er hat es verstanden. Gott sei Dank, dann ist das Schlimmste vorbei.“

Ich wurde wach. Trude saß neben mir auf einem Stuhl. Eva stand am Fußende und schaute mich an. Draußen dämmerte es. Drinnen brannte eine Kerze.

„Du hast aber geschlafen.“ Sie lachten mir zu. Ich sagte, daß ich nicht gut geschlafen hätte.

„Weil du so hohes Fieber hattest.“ Sie sagten, daß ich geschrien hätte und die Decken von mir gestrampelt, und ich hätte wie ein Verrückter um mich getreten und sei auf den Boden gefallen. Und daß sie immer wieder kalte Waschlappen auf meine Stirn gelegt hatten. Und daß der Doktor dagewesen war.

„Weißt du das noch?“

Ich sagte, ich wüßte noch, wie sie mich ins Bett gelegt hatten und daß da die Lampe so grell war und daß ich geträumt hatte.

Sie fragten, was ich geträumt habe. Ich sagte, etwas mit Schnee und Feuer und mehr wisse ich nicht.

Ich fragte, ob ich aufstehen dürfe oder ob es noch zu früh sei, und warum sie denn angezogen seien. Sie sagten, es sei Abend und nicht Morgen, und daß ich im Bett bleiben müsse, bis es mir besser gehe.

Ich sagte, ich sei gar nicht krank, ich hätte nur wirr geträumt.

Trude sagte, daß der Doktor bald kommen werde und daß ich wirklich sehr krank sei und Fieber habe, und daß ich im Bett bleiben müsse. Ich fragte, wie es denn Abend sein könne, ich sei doch am Abend zu Bett gegangen. Trude sagte: „Aber du bist schon seit fünf Tagen krank und hast furchtbar hohes Fieber gehabt." Ich sah Eva an und sagte, das könne doch nicht sein, denn ich sei doch abends zu Bett gegangen und würde es doch sicher wissen, wenn ich fünf Tage lang im Bett gelegen hätte. Eva sagte, Trude habe recht und sie hätten Angst gehabt, ich würde sterben, aber das sei nun vorbei.

„Du mußt tüchtig essen und rasch wieder zu Kräften kommen."

Ich merkte zwar, daß ich Fieber hatte. Aber das mit den fünf Tagen glaubte ich nicht. Es war ein dunkles Loch in der Zeit.

Amsterdam

Wir saßen oben auf einem Lastauto. Der vordere Teil der offenen Ladepritsche lag voller Sachen: Koffer, Säcke, Tücher, Dekken. Trude hatte einen Seesack organisiert. Ich saß obendrauf und schaute nach hinten über die Leute hinweg, die auf dem Pritschenboden saßen. An den Bordwänden entlang standen Bänke. Auf einer saß Trude. Sie schrie, daß ich meinen Mantel gut zumachen müsse. Um mich herum hatte sie gegen den Wind weiche Bündel gelegt. Jemand rief: „Noch hundert Kilometer."

Eine Frau kroch zum Führerhaus und schlug mit der Faust auf das Dach. Ein Kopf schaute um die Ecke. Ein Kanadier kletterte auf unsere Ladepritsche. Er hielt sein Ohr nah an den Mund der Frau und legte seinen Arm um ihre Schulter. Sie nickten und schüttelten die Köpfe. Sie sagten „fast" und „slow" und „okay". Der Kanadier teilte Zigaretten und Schokolade aus und kletterte wieder über die Bordwand ins Führerhaus zurück. Ich mochte keine Schokolade. Der Motor dröhnte noch lauter. Die Frau schlug wieder auf die Kabine. Die Bäume huschten noch rascher vorbei. „Noch sechzig Kilometer.“

Ich mußte Pipi machen. Ich schrie Trude zu, daß ich mal müsse. Ich schrie nochmal und nochmal. Sie kroch zu mir herüber. Sie fragte, ob ich es über den Rand der Pritsche tun wolle. Ich sagte, das wolle ich nicht. Sie sagte, daß ich es dann zurückhalten müsse. Ich sagte, ich könne nicht mehr. Sie sagte, dann müsse ich eben in die Hose machen. Ich weinte und sagte, das hätte meine Mutter mir nie erlaubt. Sie sagte, jetzt dürfe ich, dieses eine Mal, und daß meine Mutter es sicherlich auch erlaubt hätte. Ich glaubte ihr nicht. Sie sagte, dann müsse ich es doch über die Bordwand machen. Ich bat sie, das schwere Bündel von meinem Schoß zu nehmen. Sie begann, es fortzuziehen, aber ich sagte, daß es schon zu spät sei. Sie ließ es liegen.

Meine Hose wurde langsam warm und naß. Ich seufzte und erschauerte, und ließ die Pipi laufen. Einen Augenblick war es ganz still. Der Wind war fort, das Motorengebrumm war fort, und das Geschrei war fort. Ich sah hinunter auf das weiche Bündel auf meinem Schoß. Ich fühlte meine Beine und meinen Bauch warm und naß werden. Ich wünschte, daß mein ganzer Körper so warm und naß wäre.

„Noch vierzig Kilometer."

Mir war kalt. Ein paar Leute begannen zu singen. An beiden Seiten beugten sich die Menschen so weit wie möglich über Bord. Sie schrien: „Da steht wieder einer, da kommt wieder einer, kannst du es lesen?"

„Nur noch sechzehn Kilometer, wir sind gleich da."

Viele Leute begannen zu weinen und einander zu umarmen.

„Jetzt kann uns nichts mehr passieren. Wir sind da."

„Nicht zu früh jubeln", sagte ein Mann.

„Vierzehn, nur noch vierzehn Kilometer." Von den anderen Lastautos herüber klang Jubeln und Händeklatschen. Erst von den Autos, die vor uns fuhren. Dann von den Autos, die hinter uns fuhren.

Wir fuhren langsamer.

„Amsterdam, sechs Kilometer."

„Ich sehe die Häuser."

„Ich auch."

Plötzlich fielen alle um. Wir fuhren wieder schneller. Der Kanadier schaute ums Eck. „Okay?"

Er lachte. Mit lachenden, ärgerlichen Gesichtern riefen die hingefallenen Leute „okay". Sie blieben sitzen.

„Wir sind da, wir sind zu Hause."

„Wir sind zurück."

„Es lebe Amsterdam."

Die Menschen umarmten einander und wünschten einander Glück. Mir auch. Sie krochen im holpernden Auto herum, fielen hin, standen wieder auf.

Ehe wir stillstanden, waren schon Leute abgesprungen. Sie ließen sich zu Boden fallen und küßten die Steine. Sie weinten.

Trude nahm mich mit in ein Gebäude hinein. In einem großen Saal lagen Strohmatratzen auf dem Boden und darauf Dekken.

Trude wusch mich ganz mit Wasser und Seife ab, und ich bekam andere Kleider an.

Danach feierten wir. Ich brauchte noch nicht schlafen gehen.

Später brachte Trude mich zu Bett. Sie sagte, daß sie noch einmal zum Fest zurückgehe. Das fand ich gut.

„Schlaf glücklich. Deine erste Nacht wieder in Amsterdam." Sie küßte mich und ging fort. An der Tür winkte sie noch einmal und lachte.

Es war still im Schlafsaal. Aus dem Festsaal hörte ich Musik und Singen und leise auch das fröhliche Geschrei von Menschen.

Tante Lisa

Trude hatte erfahren, daß Herr Paul sich gemeldet habe, er wolle für mich sorgen. Wir besuchten Herrn Paul und seine Frau ein paar Mal. Die Frau von Herrn Paul sagte, ich dürfe Tante Lisa zu ihr sagen anstatt Frau G.

Sie war gar keine Tante von mir.

Trude sagte, sie müsse verreisen und ich dürfe bei Frau G. bleiben. Ich sagte, daß ich das lieber nicht möchte. Sie brachte mich aber doch hin.

Trude war von ihrer Reise zurück. Sie kam zum Tee. Frau G. fragte: „So, wie geht es denn?"

„Es geht, es geht."

Frau G. erzählte, daß ich wieder zur Schule ging; daß ich jetzt Tante Lisa zu ihr sagte; daß ich so schlecht aß.

Trude und Frau G. waren im Wohnzimmer. Sie saßen still auf ihren Stühlen, jede mit einer Tasse Tee. Ich stand auf den braunen Holzdielen im Gang. Die Tür zum Wohnzimmer stand offen, die anderen Türen waren zu. Der Gang war dunkel und kalt. Trude und Frau G. schauten hinaus. Sie bewegten sich nicht. Sie sprachen nicht. Ich hielt die Luft an, um zu horchen, ob sie noch Atem holten.

Trude sagte, daß es doch nicht so schlimm sei, wenn ich wenig esse, das würde sich schon geben. Im Lager hätte ich auch wenig gegessen.

Frau G. sagte: „Wenn er nicht tüchtig ißt, wird er sterben. Er muß gut essen."

Trude sagte, dafür könne sie nichts. Sie müsse fort. Ich mußte weinen.

Beim Abendessen aß ich nichts. Ich mußte mit meinem Teller ins Schlafzimmer gehen. Nach einer Weile kam Tante Lisa. Sie wollte mich füttern. Sie fragte, warum ich nichts essen wolle. Ich sagte, daß ich keinen Hunger habe und daß es zu viel für mich sei. Sie sagte, daß ich es aufessen müsse. „Du bist fast acht, du bist kein kleines Kind mehr."

Ich nahm einen Happen, aber ich mußte mich fast erbrechen. Ich sagte, daß es im Schlafzimmer so heiß sei. Tante Lisa zog mich sanft an sich und fragte, warum ich mittags so geweint hatte. Sie führte einen Löffel voll Essen zu meinem Mund. Ich wandte den Kopf zur Seite. Sie legte den Löffel hin, nahm meinen Kopf zärtlich zwischen ihre Hände und sagte, mit dem Kopf nickend: „Du mußt doch etwas essen. Sonst mußt du sterben. Und wir möchten dich gern behalten."

Sie zog meinen Kopf zu sich und gab mir einen Kuß auf den Mund.

Meine Beine zappelten. Meine Hände griffen nach dem Teller und schmissen ihn auf den Boden. Ich trat drauf, ich weinte und schrie: „Du hast mich auf den Mund geküßt. Jetzt muß ich sterben. Das hat meine Mutter selbst gesagt."

Erbrochenes füllte meinen Mund. Ich erstickte fast. Dann sprudelte es heraus auf den Boden. Es spritzte auf ihre Beine. Sie sagte: „Jetzt schau das mal an. Putze es wieder fort. Du bist kein kleines Kind mehr."

Sie gab mir ein Tuch. Ich fing an saubermachen.

Für meine Pflegeeltern,
die eine ganze Menge mit mir
auszustehen hatten.

Amsterdam, 19. November 1977, 19.00 Uhr.

CLAUDIA VON CANON

Die Mondstunde

180 Seiten, mit 19 Textabbildungen

„Liebste Thresl", schreibt Barbara Cammerloher, „ich bin jetzt in Innsbruck. Mein Mann hat mich hergeschickt, damit ich nicht muß die Belagerung mitmachen. Wir haben große Angst... Stürmen die Türken schon die Kaiserburg? Vielleicht kampieren sie im großen Saal und schießen auf die Luster. Wir werden wohl nimmer dort tanzen..." Am Christtag anno 1683 vermählt sich der kaiserliche Ratsherr Jacobus Schretter mit der jungen Barbara Cammerloher aus Salzburg. Ein Jahr darauf stirbt sie im Kindbett. Eine einfache Steintafel in der Wiener Minoritenkirche trägt die Inschrift:

„Hier liege ich mit dir, mein Leben
Deinetwegen beigesetzt.
Gott hat uns ein anders geben
Das uns für und für ergötzt."

Aus zeitgenössischen Quellen rekonstruierte die Autorin Stück für Stück ein Frauenschicksal, von dem uns die Geschichtsschreibung nur einige faszinierende Erinnerungsfragmente überliefert hat: So entsteht das bezaubernd lebendige, detailreiche und originalgetreue Porträt eines jungen Mädchens aus dem 17. Jahrhundert, das im letzten Jahr seines Lebens vom Kind zur Frau reifte.

GRAHAM GREENE

Dr. Fischer aus Genf oder Die Bomben-Party

Roman, 176 Seiten

Graham Greene gelingt es, in diesem Roman mehr über Liebe und Haß, Glück und Leid, Unsterblichkeit, Gier und die Abscheulichkeiten der Reichen auszusagen, als uns die meisten dreimal so langen zeitgenössischen Romane bieten, lobt der Kritiker der *Times* das Werk. Anders als in früheren Büchern verzichtet Greene auf exotische Schauplätze und ferne Länder. Er läßt die Handlung zur Gänze in der nüchternen Atmosphäre der Schweiz abrollen und macht so doppelt deutlich, worum es ihm geht: um die Exotik des menschlichen Herzens mit seinen abgründigen Wünschen und Hoffnungen und seiner unstillbaren Sehnsucht.

Ein Kabinettstück schwarzen Humors, zugleich ein Roman über die Macht der Liebe und des Geldes, eine überraschungsreiche Reise durch die nachtdunklen Abgründe der Seele.

„Eines der besten Bücher von Graham Greene.“ *Vogue*
